Miss Crampon

Claire Castillon

Miss Crampon

Flammarion

Claire Castillon a fait son entrée dans la littérature à vingt-cinq ans. Elle écrit pour les adultes et les enfants. L'autrice a reçu de nombreux prix littéraires, tels que le Prix Marie-Claire du roman féminin pour son roman Eux *paru aux éditions de l'Olivier.*

87, quai Panhard-et-Levassor – 75647 Paris Cedex 13
ISBN : 978-2-0802-5295-1

CHAPITRE 1

Je me *chut :* c'est la règle. Ne jamais dire ce que je pense est un principe que j'ai adopté à l'âge de cinq ans quand Camélia, ma belle-mère, m'a demandé si je préférais ses blagues au regard de galgos de ma mère, son mètre dix-huit de jambes au ventre de sharpei de ma mère, ses jurons de boxeur à la poésie vieux rose de ma mère. Et pour conclure, du moins pour ce jour fondateur de notre relation à venir : ses tenues de zumba à la raquette de tennis en bois de ma mère. Raquette vintage, objecterait Camélia, mais elle ferait fausse route. La raquette de ma mère est juste une vieille raquette en bois comme on n'en fait plus, portée par une mère ringarde comme on en fait peu (mais que j'aime plus que tout).

Nous nous rencontrions pour la première fois, Camélia et moi, et j'ai senti, malgré le sourire ravi de mon père qui se félicitait que le courant circule entre nous, qu'il y avait un petit piège dans ses questions. Pas méchant mais posé là, sous ma langue. J'ai poussé un tel oui en réponse à sa demande de réassurance que depuis neuf ans, Camélia, gonflée d'orgueil par mon élan pour elle, se vante auprès de ses amies d'être, loin devant sa mère, la chouchoute de Suz', sa belle-fille. Bien entendu, ma mère n'est pas au courant de ma trahison. D'ailleurs, elle continue de m'aimer tellement qu'à chaque retour de chez mon père, ma mère me fait l'offrande de quelques vers qu'elle a pondus en mon absence : « Ma Suzine, petite usine, toi le bateau qui vogue droit, tu resteras toujours à moi » ou « Suzine, si fine, sois heureuse même à Villetaneuse ».

Donner mon avis sur sa poésie pourrait porter atteinte à mon confort. Il est invraisemblable de révéler à ma mère combien ses rimes sont nulles, ou à ma belle-mère que son acharnement à rester jeune et à parler comme moi relève du pathologique. Dire à mon père que son eau de Cologne Amber-Tobacco dont il est fier parce qu'il la trouve exclusivement à l'aéroport de Chicago sent le vieux mégot est aussi impossible que d'avouer à Mamita, ma grand-mère, que les papiers à lettre qu'elle m'offre me serviraient à découper des poissons chaque 1er avril si j'avais dix ans de moins, mais ne me serviront jamais à lui écrire des tartines sur ma folle vie d'élève de troisième à présent que j'en ai quatorze. Les gens qui m'entourent ont pour exigence commune d'être aimés plus fort que les autres. Est-ce normal ? Qu'à cela ne tienne, je fais comme si. Je veux que chaque membre de ma famille pense que je l'aime plus que tout. Depuis que mon « petit problème » est quasi résolu, je souhaite m'occuper exclusivement de moi-même. Mes rêves. Mon quotidien. Mon avenir. Pour avoir la paix et que chacun me laisse sur mes rails, j'ai appris à devenir l'incarnation exacte de ce que les gens attendent de moi.

Mon père, par exemple, qui prenait jadis ma mère pour la sienne et confond aujourd'hui ma belle-mère et une baby-sitter, me considère depuis toujours comme une andouille. Il m'a offert une trêve quand j'ai eu mon « petit problème », mais quand même. Alors je joue le jeu. Il m'aime idiote, je fais l'idiote, si bien qu'il m'arrive de me poser la question de la vérité : suis-je cruche à ce point ? Avec Camélia, je me fais plutôt futile-discrète-dissipée. Avec maman, je suis tendre-violente-collante-évaporée. Et avec mes amis, c'est complexe. Ça dépend des périodes.

C'est pour ça qu'actuellement, deux semaines de vacances d'hiver à la montagne, éloignée du collège et des problèmes, ne sont pas pour me déplaire.

Plus le temps passe, plus je me rends compte que la seule personne dont j'apprécie vraiment la compagnie et dont je suis sûre de la fidélité est Suzine Domestos, c'est-à-dire moi-même. Cette information ne doit jamais être divulguée, donc je me préfère en secret. Je m'apprécie dès le matin, quand je vérifie que ma combinaison de ski rouge, marine et blanc convient à mon teint de pêche, je m'aime bien quand je plisse les yeux pour m'adresser à mon miroir et lui lâcher : « Regarde comme je suis mignonne avec mon bonnet jaune bien enfoncé sur les oreilles », je me comprends quand un régiment de petits cratères vient dévorer mon front car je respecte la jeune femme qui pousse en moi (expression exaltée de ma belle-mère pour évoquer ma puberté). Sur ce thème, ma mère préfère me mettre en garde contre l'abus de fromage fondu et de sucreries, ou mentionner pudiquement mes hormones, ces petites nuances tristes et brutales qui font de son existence de mère une chaîne de montagnes russes. C'est une autre façon de faire du ski, a-t-elle constaté quand Camélia et papa sont passés me prendre pour partir à Aussois, station familiale où papa skie sur doubles spatules et où Camélia *spasse*. *Spasser* est son activité principale. Tandis que ma mère confond encore les spas et la S.P.A., ou, pour le dire clairement, les instituts chics de massage et la Société protectrice des animaux, ma belle-mère fait très bien la différence. Ma mère a été abandonnée. Camélia, choisie, est choyée.

J'ai l'air de la ramener, mais pas du tout. Je ne sais rien au fond. Enfin si, je sais une chose. Sans mes amies, je ne suis rien. Un quart de lune. Un soleil froid. Une mer sans eau. Quoi d'autre ? La poésie, ouais, bof. Et surtout, je déteste le ski. Principalement les déplacements avec les skis sur l'épaule et les bottes inflexibles. Mais je n'ai pas accès au spa et je dois me soumettre à la glisse. On part tôt chaque matin, papa et moi. Il me dépose à l'école de ski tandis que Camélia entame son premier massage relaxant. Petite, j'étais parquée dans un enclos. Depuis plusieurs années et l'obtention de mon flocon en dépit de mon « petit problème », je descends de vraies pistes avec un moniteur qui répond généralement au prénom de Michel ou de Jean-Patrick et qui m'appelle « ma grande ». Mes camarades skient comme moi, parallèle et relativement vite. Certains visent la médaille de fin de séjour. D'autres, dont je fais partie, se *chutent* sur le sujet : ce qu'ils préfèrent, c'est, à la fin du cours, le retrait des godasses ou au moins d'un crochet ou deux. Quand mon père vient me chercher, je constate – cette année en tout cas – qu'il ne sait plus comment me parler. On dirait Michel-Jean-Patrick, en pire. Il s'adresse à moi comme à une ado, mais fort comme à une ado sourde – ce qui n'est pas du tout le cas, j'aimerais que ce soit clair –, avec des mots simples comme à une ado sourde débile, en me tapant dans le dos, comme à une ado sourde, débile et molle. Nous rentrons déjeuner à l'Herminôtel avec Camélia qui a hiberné toute la matinée et arbore un visage gonflé mais heureux de marmotte. Elle mange des algues, papa prend un hot-dog, et moi je demande une saucisse aux algues, espérant satisfaire tout le monde, surtout ma mère, l'absente, par l'éclat évident de ma poésie perpétuelle.

— Ça suffit, Suzine, choisis ton plat et réponds au serveur, il est pressé.

Eh oui, mon père a peu de patience, alors Camélia le conseille :

— *Keep cool,* Christophe, c'est les vacances.

Quand ils se sont rencontrés, papa écoutait les conseils de Camélia avec intérêt, le sourcil curieux et relevé, mais aujourd'hui, plus du tout. Il prend pas mal de choses de travers et lui envoie quelques réflexions sur le fait qu'elle a traîné toute la matinée dans du lait chaud et des serviettes humides et qu'on reparlera de son stress quand elle mènera la vie qu'il a. Elle rétorque que chacun entend les vacances comme il l'entend et il observe qu'elle a dit deux fois « entendre » pour quelqu'un de si peu à l'écoute. Quand tous deux commencent à hausser le ton, je regarde ailleurs, mon hot-dog, le vide, ou un miroir si j'en trouve un, mais dans la salle du restaurant « La Pierre à feu », il n'y a que du bois. Le bois partout, quand je suis excédée, ça peut vite me faire penser à la raquette de tennis de ma mère et, juste après, à son cercueil, alors je m'adresse à elle, en espérant que mes mots lui parviennent comme une balle jaune fluo sur sa raquette ringarde : « Tu sais, maman, avant j'étais une graine et avant d'être une graine j'étais une fleur, et encore avant, j'étais un crayon. »

Elle se plaint de ne jamais recevoir de carte postale. Si elle savait tout ce que je lui envoie comme phrases débiles dans le ciel pour qu'elles lui retombent dessus en poésie quand je suis loin d'elle.

CHAPITRE 2

Camélia et papa font la sieste. J'ai une chambre communicante mais on communique peu depuis le déjeuner. On communiquera à 14h30 quand Camélia retournera se détendre et que papa m'obligera à rechausser mes skis pour quelques pistes avec lui. Ensuite, il continuera à skier tout seul et je rentrerai à l'hôtel en essayant de planter mes spatules dans le moins de crânes possible et de ne pas jurer en retirant mes bottes, car l'Herminôtel n'est pas un lieu où la vulgarité est admise.

Je suis censée lire mais je fais semblant. Je n'ai pas la tête à m'extraire de mon problème majeur surtout pour rejoindre une baleine et son océan agité. *Moby Dick,* c'est épatant, a estimé Camélia quand papa me l'a offert. Malgré cette critique favorable, je ne suis pas capable de me plonger dedans. Mon souci est trop grand. L'océan, à côté, n'est rien. Même avec une baleine au fond. Je me *chut*, on l'a compris, mais je me suis tellement *chutée* au collège avant les vacances que je n'ai plus personne dans ma classe à qui parler. Or les vacances d'hiver se termineront bientôt et ma situation est critique. Je voudrais arranger les choses mais je ne sais pas comment.

Romane et Violetta, mes deux meilleures amies depuis peu mais pour toujours dans l'éternité, m'ont demandé d'arbitrer un différend entre elles deux. J'ai donc habilement aidé l'une puis l'autre, dans leurs démarches respectives. L'histoire est la suivante :

Romane est tombée amoureuse de Tom l'année dernière. Violetta était au courant, puisque Romane nous parlait de Tom en rougissant, mais tout de même moins que maman quand on croise le garagiste qui lui a récemment proposé de l'appeler Viviant. Quelques mois plus tard, Violetta a commis l'erreur de tomber à son tour amoureuse de Tom. En début d'année, ce n'était pas un problème. Romane, contente que sa meilleure amie soit amoureuse du même garçon qu'elle, a partagé Tom sans problème. Mais l'année passant, Romane s'est tendue. En effet, Tom a dit à Nathan que le pull à capuche bleu de Violetta était beau, ce que Nathan a répété à Pacôme qui l'a répété à Jérémie qui l'a répété à Vadim qui l'a répété à Oways qui l'a répété à Bamba qui l'a répété à Lazare et tous les garçons ont été au courant que Tom aimait le pull à capuche bleu de Violetta. Romane a eu vent de la rumeur et a dit à Violetta que son pull n'était pas si beau que ça, la capuche appuyant la rondeur de ses joues. Violetta l'a répété à Tom qui l'a répété à Nathan et c'est ainsi que tous les garçons puis les filles de notre classe ont su que Romane était jalouse. Trahie et diffamée, elle a demandé mon aide. Et là, je me suis *chutée*. Rien à déclarer. C'est qu'un pull. Bof. Sais pas. Ah bon. Hum-hum. Mouais. Les capuches, ça se retire. C'est pas bien grave.

Et c'est à peu près tout ce que j'ai trouvé à dire.

Violetta nous a vues parler ensemble, Romane et moi, enfin elle a cru qu'on se parlait parce qu'en vrai on ne parlait pas, je disais seulement hum-hum et Romane me menaçait de briser notre amitié si je n'ajoutais rien d'un peu engagé à mes propos. Elle m'a même accusée d'un manque de courage. Ce mot a heurté mon *chut* et j'ai alors parlé de la possible jalousie de Violetta à l'égard de Romane. J'étais contente de moi, surtout quand j'ai vu le visage de Romane s'illuminer et son bras passer sous le mien pour arpenter la cour. « Jalousie » a été notre mot, à toutes les deux, durant les betteraves à l'œuf mimosa, le steak haché-frites et le Samos aux fines herbes, puis il est devenu, à 13h55, juste avant la sonnerie des 14 heures, le mot de Violetta. Même si elle sortait de chez sa psy qu'elle consulte depuis la mort de son lapin bélier, le mot n'a pas coulé sur elle. C'est bizarre parce que d'habitude elle nous explique que ses visites chez sa psy lui enseignent comment devenir une tortue, évoluant à un rythme calme, protégée par sa carapace. C'est alors que Romane a détaillé :

— Je ne suis pas la seule à penser que tu es jalouse. Demande à Suzine !

Violetta m'a regardée, curieuse de m'entendre, et j'ai bafouillé :

— Hein ? Quoi ? Qui ? Comment ? Jalousie ?

Violetta m'a trucidée du regard mais n'a pas pu accompagner son geste d'une parole puisque le prof d'anglais est entré et qu'il nous renvoie du cours quand il entend un mot de français. Elle n'avait sans doute pas l'injure ad hoc en anglais donc elle a attendu 16h30 pour me balancer ce qu'elle avait aussi ruminé pendant le cours de technologie.

— Tu ne perds rien pour attendre ! Et d'ici là, je ne te parlerai plus jamais.

Il s'est alors produit ce que ma mère appelle généralement un revirement de situation : Romane et Violetta, mes deux copines pour toujours, sont parties bras dessus bras dessous, réconciliées, et j'ai vu leur capuche qui pendait dans leur cou, l'une bleue, l'autre pas bleue, comme deux langues qu'elles me tiraient.

Évidemment, j'ai d'autres amis, mais c'est différent. Sans Violetta et Romane, je suis carrément en danger. Je me retrouve comme une pauvre fille seule, le cheveu plaqué sur les oreilles comme un brave cocker, confinée entre ses *chut* et ses borborygmes.

— Allez, mollassonne, sors de l'océan ! Mets ta combi, on retourne dans la neige ! a communiqué papa à travers la porte de ma chambre.

Je pars skier. Camélia descend avec nous en peignoir. Elle me fait des clins d'œil, c'est la connivence belle-mère – belle-fille, je réponds d'un sourire bouche fermée alors que j'ai envie de lui loucher dessus ou de lever les yeux au ciel en soupirant, mais comme je ne suis pas disposée à ce que papa se venge en me collant deux descentes de ski supplémentaires, je m'en tiens là. Ils se roulent une pelle à la sortie de l'ascenseur. En public, ils sont toujours un peu limite je trouve. Ça va bien, les baisers. Mais je me *chut*.

J'attends qu'ils se décollent. J'ai appris la patience ; surtout le soir, quand j'écoute papa et Camélia évoquer la vie qu'on aura quand ils auront dégoté l'appartement avec terrasse qui leur permettra de faire des barbecues même en ville.

L'Herminôtel a affiché le programme des festivités. Avant de filer au sous-sol, Camélia s'empresse de lire le panneau : karaoké puis soirée Pierre à feu.

— Ça veut dire quoi « soirée Pierre à feu » ? demande-t-elle à mon père.

— Ça veut dire qu'on n'ira pas.

Camélia lui donne un coup de coude et me demande :

— On ira toutes les deux alors ?

Je me *chut*. J'ai souvent envie de lui sourire, à ma belle-mère, mais je résiste.

En réponse, je vérifie que mes cheveux sont bien plaqués sur mes oreilles.

CHAPITRE 3

Il se pourrait que Camélia devienne mon seul contact féminin en dehors de ma mère et de mes profs de danse, maths, espagnol, gym, histoire et français. En effet, je suis actuellement mal partie avec mes amies filles, donc ma belle-mère de quarante et un ans (onze ans d'âge mental) n'est pas à exclure tout à fait de ma vie, même si elle porte ce soir, pour le karaoké de l'hôtel, une minijupe en cuir rose. Mon père lui a signalé que cette « ceinture » n'était pas de saison mais elle n'a pas compris la blague, qui, évidemment, n'en était pas une. Mon père blague d'ailleurs assez peu avec la longueur des jupes de Camélia. Elle a cru qu'il tiquait sur la couleur et elle a affiné :

— Ce n'est pas du rose, Chris, c'est plutôt du rouge clair.

Quelquefois, je fais moi aussi des efforts vestimentaires. Je suis jalouse quand papa contemple exclusivement Camélia, même s'il la regarde souvent de travers, heurté par son indécence. Mais il m'arrive de tenter de rivaliser avec elle. Elle me soutient toujours dans mes essais. Ce soir, elle a proposé de me nouer un foulard dans les cheveux, de me prêter son mascara ou du gloss, mais j'avais la tête ailleurs. À la fin des vacances, il va falloir que je retourne au collège et je serai toute seule. Quand je m'imagine entrer dans la cour et que je pressens les regards me tombant dessus parce que je n'ai pas su choisir mon camp, je me glace. Je sais que Romane et Violetta qui sont redevenues aussi copines qu'avant ont parlé à toutes les filles de notre classe pour qu'elles choisissent leur camp. Elles deux, ou moi toute seule.

La salle de l'Herminôtel est très agitée. Ma belle-mère, complètement dingo d'une chanson, s'est emparée du micro et tente de dérider mon père qui, accoudé au bar, la regarde toujours de travers. Bonne andouille de fille, je m'approche de lui avec la tête en biais, la bouche en bisou, et il me pose la main sur l'épaule. Camélia nous fait coucou depuis la scène, fière ô combien quand l'animateur la félicite pour son admirable prestation. Un peu déçue de devoir déjà abandonner le micro, elle se joint à un groupe qui relève le défi de la chanson suivante. Elle n'est que clins d'œil et dandinements. Je pense à ma mère. Elle, elle va à la chorale le mardi. Depuis le départ de papa, elle trouve ça très agréable, car la chorale lui permet de crier. Elle chante du classique et de la variété, mais le déhanchement n'est pas de mise. Souvent je lui conseille de rester avec les gens de son groupe et d'aller prendre un verre après la chorale. Avant de perdre mes amies, l'absence de ma mère me permettait de téléphoner longuement à Romane puis à Violetta. Maintenant, son absence ne me servira plus à rien. Je n'aurai même pas envie de fouiller dans ses albums pour voir des photos de papa et elle quand ils s'aimaient. Mais je serai toujours contente pour elle si elle s'aère un peu et qu'elle s'amuse. Ça fera autant de poèmes en moins.

Mon père piaffe.

— Surtout, tiens-toi loin des enceintes, hein Suzine ? On va laisser Camélia pousser la chansonnette encore une ou deux fois et puis on montera se coucher, OK ? me demande-t-il.

Je me *chut.* Pas question pour moi de trancher entre leurs deux revendications. Camélia veut chanter, lui en a marre. Il n'a qu'à se coucher tout seul, mais je ne me vois pas le lui dire ainsi. Mon envie, à moi ? Aucune idée. Mon portable a vibré mais je me doute que ce sont plutôt deux vers de maman, et sûrement pas un message de mes amies d'avant. Bingo ! C'est bien maman : « Ma Suzine, as-tu le spleen ? Je suis là, où que tu sois. »

À part des nouvelles de mes copines, rien ne me fait plaisir. Je voudrais fermer les yeux et vivre un retournement de situation magistral. Les rouvrir et qu'aucun différend ne soit jamais venu briser mes amitiés. Hélas, depuis quelques jours, quand Violetta ou Romane m'écrivent, ce sont d'affreux SMS avec des expressions limitées comme « plus jamais », « impardonnable ». Ça me fait tellement mal de les recevoir que j'ai rayé les prénoms de mes copines de mon téléphone. Ainsi, quand l'une ou l'autre m'écrit, l'expéditeur n'est qu'une série de chiffres, et je préfère cet anonymat.

Quand elle voit papa excédé se diriger vers l'ascenseur, Camélia lui fonce dessus. Elle lui dit :

— Remonte, Chris, va dormir, on te rejoint dans pas longtemps !

Il accepte. Mais pas tard, parce qu'il y a ski demain. Je reste avec ma belle-mère, mais je ne suis pas sûre d'avoir envie d'être là. Dans ma chambre non plus d'ailleurs. Au fond, j'ai de plus en plus envie d'être nulle part.

— Tiens, c'est toi Suzine ? s'exclame une voix dans mon dos. Je me retourne et Tom apparaît.

Tom Combe-David, qui me précède dans l'alphabet de ma classe – Domestos étant situé juste après Combe-David –, est devant moi, avec sa tête habituelle alors que la mienne, légèrement éberluée, ressemble certainement à celle d'une cruche à eau. Papa, durant le dîner, nous a expliqué la différence entre une carafe, une cruche et un pichet, et je peux à présent affirmer que je suis une cruche. Surtout avec ce foulard noué au sommet du crâne. Tom habite au Foyer du ski mais il est venu à l'Herminôtel pour la soirée karaoké. Je m'apprête à dire que je suis avec ma belle-mère, mais quand j'entends ses aigus écorcher *Tous les mêmes* dans le micro, je m'interromps.

— J'aime bien ton pull, me dit Tom.

Je porte en effet un sweat à capuche. Bleu. J'ai envie de lui répondre quelque chose en retour, sur ses cheveux en touffe, mais c'est un principe, je garde mes vannes pour moi.

Avec les garçons, je ne suis pas particulièrement coincée mais je me fais aussi discrète qu'avec les filles. Là, c'est quand même compliqué, surtout avec l'amoureux de mes deux meilleures amies qui me détestent, de trouver la bonne façon d'être. Tom, à l'inverse, est très à l'aise. Il a mis ses cheveux comme Romane adore, avec du gel aux pointes mais pas aux racines. Quand il l'applique aux racines, Violetta préfère mais Romane trouve qu'ils ont l'air gras. Moi, personnellement, dans les deux cas, je lui trouve l'air d'un raton laveur, et surtout l'air dans le gaz, comme dirait ma mère avant de le faire rimer avec nase. Il ramène sans cesse sa mèche de cheveux du dessus vers son front. Les épaules un peu voûtées, comme s'il voulait cacher les pectoraux qu'il n'a pas ou faire vingt-deux centimètres de moins, Tom m'invite à rejoindre sa bande, un groupe agglutiné au pied du micro. Deux filles et un garçon. Deux, avec Tom. Les deux filles n'ont pas du tout envie de me voir arriver. Elles répondent aux prénoms de Sybille et de Bianca. Je suis sur le point de demander si le garçon s'appelle Bernard mais ce genre de blague ne peut faire rire que mon père. Le garçon se présente : Barnabé. Les filles me font répéter mon prénom :

— Suzine.

— Su quoi ?

— Suzine.

— Tu es sûre que c'est pas Suzanne ?

Alors que Camélia vient de reprendre le micro pour chanter pour la deuxième fois de la soirée *Le Coup de soleil* de Richard Cocciante, j'entame le récit de mon prénom. C'est une bonne entrée en matière, quand on n'est pas bavard, de raconter à quel point son prénom est une erreur.

CHAPITRE 4

Suzine Domestos. C'est mon nom. Le jour où mes camarades feront le ménage eux-mêmes, ils me parleront aussi de mon nom de famille, mais pour le moment ils se contentent de mon prénom. Pour ceux que cela intrigue, je compte cacher le plus longtemps possible que mon nom de famille est le nom d'un produit ménager de récurage de cuvettes de toilettes. Pour mon prénom, je divulgue souvent et sans pudeur l'histoire complète. La voici :

Ma mère a accouché un dimanche matin à la clinique Sainte-Félicité. La sage-femme portait dans la poche avant de sa blouse un Bic qui fuyait. Elle a inscrit « Suzanne », le prénom qui aurait dû m'être attribué, sur le tableau de la salle d'accouchement qui mentionnait aussi l'heure de ma naissance et mon poids. Sauf que son Bic continuait à fuir dans sa poche, encore et encore. Papa n'arrêtait pas de regarder cette poche, c'est du moins ce qu'il a raconté plus tard à maman quand elle s'est plainte de la déformation de mon prénom. Et la tache d'encre sur la blouse blanche de la sage-femme formait un I. Un trait vertical avec un point dessus. Ma mère venait de mettre quatorze heures à accoucher – quatorze heures quarante, dit toujours mon père –, et ma mère précise que c'est peu pour un premier enfant. En tout cas, mon père était complètement crevé. Il dit avoir noté mon prénom pour se souvenir de ce qu'il devait déclarer. Il a donc lu le début de mon prénom sur le tableau, le milieu sur le sein de la sage-femme, et la fin à nouveau sur le tableau. Il est allé me déclarer en oubliant un N au passage, mais il n'a même pas essayé d'expliquer pourquoi. Je me suis donc appelée Suzine au lieu de Suzanne, parce que mon père avait maté un nichon.

Ma mère a mis du temps à s'en remettre alors que ma belle-mère m'a d'emblée appelée Suz', sautant l'obstacle. Mon père ne s'est jamais excusé, il n'a jamais regretté son erreur, et je pense que mes parents ont divorcé à cause de mon prénom. En effet, Suzanne était la grand-mère de ma mère, une femme bonne et douce qui lui faisait des soufflés au fromage et que ni mon père ni moi n'avons connue. M'appeler Suzanne était très important pour maman. Elle aurait aimé que mon père se sente un peu plus gêné par son erreur. « Au moins, contrairement à ta grand-mère, Suzine, on la connaîtra », a dit papa pour sa défense.

Avec le temps, les choses se sont calmées jusqu'au jour où ma mère a déclaré que j'avais le plus joli prénom du monde, comme si sa frustration n'avait jamais existé.

— Donc, ai-je répété pour conclure avec humour, j'aurais dû m'appeler Suzanne, mais je m'appelle Suzine parce que papa a davantage regardé le sein de la sage-femme que les lèvres de ma mère lui épelant mon prénom pour qu'il le dicte convenablement à l'état civil.

J'ai déjà vécu exactement cette situation. Il paraît que l'impression de déjà-vu est un signe de dépression ou de grosse fatigue. En tout cas, c'est un signe de bide. À chaque fois que je raconte l'histoire de mon prénom, je me heurte au même problème de saut dans le vide et d'atterrissage forcé. D'autres utiliseraient le mot « rétamer » : je viens, en effet, de me rétamer. Bianca et Sybille ont décroché depuis longtemps et dansotent sur le rythme rock mou que ma belle-mère nous inflige. Barnabé me sourit fixe, comme s'il n'avait rien entendu, ce qui est peut-être le cas vu l'emplacement des baffles de chaque côté de ses oreilles. Mais Tom, qui a repris une ou deux dizaines de centimètres en redressant son dos voûté comme si la mode du dépressif en boule qui traîne la patte venait de changer, me dit :

— Et tu aurais préféré t'appeler Suzanne ? Tu en souffres ?

— De quoi ? lui dis-je.

— D'avoir un prénom unique ?

En souffrir ? Drôle de question ! Je n'ai jamais vu mon prénom sous cet angle. Précisant sa pensée, le voilà qui détaille :

— Ton prénom n'est pas courant, c'est vrai, mais il est joli, il est musical. Moi, je l'aime bien en tout cas, m'explique Tom en me souriant.

Puis il ajoute :

— C'est quand même plus joli que Romane ou Violetta !

Un grand frisson me parcourt. Romane ? Violetta ? S'agit-il bien des sons produits par cette bouche devant moi ? Pourquoi me parle-t-il de ces deux cruches, enfin carafes (elles ne portent pas de bandeau au sommet du crâne) ? Et là, je procède à ma manière, je commence à me *chuter*. Motus. Vais monter me coucher. Demain j'ai ski tôt. Salut ! Je fonce vers Camélia qui va finir par crever l'estrade à sautiller comme ça. Elle n'en revient pas que je lui attrape la main, et continue sa chanson en marchant avec moi vers l'ascenseur. Tom me court après. Il me demande si je serai là demain soir, et comme je réponds d'un signe de tête, trop à la hâte pour Camélia, elle prend le temps de lui répondre à ma place :

— Bien sûr, on sera là demain ! N'est-ce pas, Suz' ?

— Merci madame, lui répond Tom qui la prend pour ma mère. Je te rejoindrai ici demain soir alors, *good night* Suzine !

— Eh bien je crois que tu as fait une touche, me lance Camélia.

Dans l'ascenseur, elle me félicite de l'avoir incitée à quitter le karaoké.

— Quand je commence, c'est comme avec le Nutella, je ne peux plus m'arrêter ! lâche-t-elle. C'était qui ce garçon ? Sympa ?

— Tom, un copain de l'école.

— Sympa ?

Je me rends compte qu'il y a une personne avec laquelle je n'arrive pas à me *chuter*, c'est Camélia. Elle est capable de me reposer la question du « sympa ? » vingt-deux fois de suite et de ne pas entendre que mon silence est une réponse. Avec elle, je n'ai pas vraiment de raison de me taire. Il est déjà arrivé que mes problèmes se déroulent devant elle comme un tapis rouge. Elle marche dessus, alerte, frivole, toujours pleine d'allant pour me promettre que mes soucis n'auront qu'un temps. Elle me promet mille choses enthousiasmantes. La dernière fois que j'ai dû aller me faire arracher une dent, elle m'a dit : « Crois-moi, à cinquante ans, tu en auras vécu tant d'autres que tu ne te souviendras plus de cette épreuve. »

CHAPITRE 5

— Genoux ! hurle mon père, furieux que notre retard à l'école de ski le contraigne à skier avec moi.

En effet, mon groupe est déjà parti, « à l'heure évidemment », a souligné mon père plusieurs fois, mais je vais pouvoir, en remplacement, me greffer sur la leçon de l'après-midi. Mon père m'embarque au tire-fesses avec ordre de me coucher beaucoup plus tôt dès ce soir.

— On n'est pas en vacances pour s'amuser ! plaisante-t-il un peu fort à mon goût.

Alors que, très content de sa remarque, il vérifie autour de lui que tout le monde en a profité, j'imagine ma belle-mère, paisible sous sa couverture de boue, berçant son non-stress au rythme des chansons d'hier, et je l'envie. Je me suis déjà fait traiter deux fois de mollassonne par mon père et les ordres en tout genre fusent.

— Accroupis-toi, fais l'œuf, t'es pas du tout un œuf là, mets tout ton poids sur tes skis je te dis !

Par chance pour les autres enfants du monde, mon père n'est pas moniteur de ski. Michel-Jean-Patrick, aussi peu drôle soit-il, est beaucoup plus patient que lui. Mon père doit se douter que je lui préfère mon moniteur à blouson rouge parce qu'au bout d'un moment il se calme, modère ses paroles, et adopte son ton de vieux qui a jadis été jeune pour me dire :

— Suzine, écoute-moi et regarde-moi en même temps, oreilles et yeux, flexion-planter de bâton-extension.

Je le regarde, je l'entends, et je me dis que papa ressemble de plus en plus à un poème de maman.

Il finit par m'offrir un chocolat chaud au restaurant d'altitude. J'ai le droit de retirer mes skis, c'est la fête ! Le problème va être de les retrouver sans les confondre et surtout, de ne pas me tromper de bâtons.

Mon père regarde la montagne avec satisfaction. On le dirait heureux de ce qu'il a installé là, face à lui. Il ne serait pas plus fier s'il avait lui-même érigé cette montagne, saupoudré cette neige, accroché trois nuages légers dans le ciel bleu, dont un en forme de chèvre. Je crois que c'est ce que ma mère appelle « l'autosatisfaction de ton père ». Depuis que l'adolescence a partiellement pris possession de moi, je constate que l'autosatisfaction de papa ne représente plus pour moi une de ses qualités majeures. Avant, je le croyais vraiment responsable des paysages. Maintenant, il y a de plus en plus de choses qui me gênent en lui. Je déteste quand il met ses baskets, par exemple, même si je sais que c'est Camélia qui les lui a offertes pour le rendre moins strict. Elles lui modifient la démarche et pire, il sourit en les portant, comme si marcher en baskets induisait forcément de prendre la vie avec légèreté. Évidemment, il sourit pour de faux. D'ailleurs, porter des baskets ne l'a jamais empêché de me reprendre sur tout et n'importe quoi. Même quand j'ai eu mon « petit problème », il ne pouvait s'empêcher de faire ces espèces d'yeux trop présents, qui se plantent comme deux sens interdits en travers de mon chemin. Je n'aime pas quand il m'explique quelque chose en commençant par « ce que je tente de t'expliquer », je n'aime pas quand il essaie de chanter une chanson que j'aime en s'en moquant, je n'aime pas quand il regarde fixement un de mes petits cratères au front en hésitant à en parler. Je n'aime pas quand il m'apprend à skier et je n'aime pas quand on prend une pause et qu'il associe pause et moment complice père-fille. Enfin, je n'aime pas qu'il se braque en se fermant quand il constate que sans me rebeller tout à fait, je me *chut* trop à son goût.

— Et nul sinon l'écho ne répond à ma voix, me lance-t-il. Si ce que je te raconte t'ennuie, tu n'as qu'à le dire. Puisque tu ne sembles pas vouloir me répondre, taisons-nous.

Je n'aime pas quand je me fais réprimander, mais j'aime bien les hot-dogs. Manque de chance, ce n'est pas l'heure de déjeuner. On repart ! Gants. Skis. Bâtons. Aïe. Heu. Où sont-ils donc passés... On a dû me les prendre. C'est certain. Si je veux que papa me croie quand je vais le dire, autant que j'en sois convaincue.

— On m'a pris mes bâtons !

Mon père est dix mètres devant moi, autre attitude que je n'aime pas mais qu'il adopte souvent pour dire à tous ceux qui ne le suivent pas, allez les nuls, vous êtes trop lents ! De toute façon, quand j'aurai enfin mis la main sur mes bâtons, il faudra que je retrouve mes skis...

— Salut Suzine ! dit une voix sortie d'une tête à motte de cheveux plaqués sur les yeux.

— Tom !

Mon enthousiasme est une feinte contre mon père. En effet, si celui-ci me voit occupée à parler avec un garçon, il va changer de tête et modérer son impatience afin de ne pas se griller définitivement auprès de moi. C'est Camélia qui lui ouvre les yeux sur mon âge, les garçons, les amis, et le fait que ses blagues un peu nulles ne peuvent plus passer auprès de mon groupe. J'explique à Tom que je cherche mes skis et je rigole pour montrer à mon père que tout est sous contrôle. Tout l'est, ou presque, en tout cas jusqu'à ce que Tom me demande :

— On skie ensemble ?

— Je suis avec mon père, il faut que j'y aille...

— Je peux skier avec vous ?

Mon père s'est approché, du bout de ses doubles spatules, en mode discret intrusif, et là, il oublie ses hésitations exclusivement basées sur une question : « Comment parler à un adolescent sans avoir l'air complètement à côté de la plaque, limité, et d'un autre siècle ? », et il lance bien fort :

— Qui est donc ce jeune homme qui fait du gringue à ma fille ?

Je suis au bord de l'évanouissement. Je me *chut*. Tom répond :

— Bonjour monsieur, je m'appelle Tom, je suis au collège avec Suzine mais on s'est retrouvés hier soir à la soirée karaoké de l'Herminôtel. Waou ! Vous avez des bispatules ! Je suis tout seul ce matin, on peut skier ensemble ?

CHAPITRE 6

— Tu crois à la règle des miracles ? me demande Camélia à qui je viens de raconter que papa aurait mieux fait d'avoir un garçon.

Franchement, il était tellement à l'aise avec Tom que je me demande si le problème entre nous n'est pas mon genre. Genre féminin. Je crois comprendre ce qui se passe : les filles l'irritent. Les filles l'ennuient. Les filles le fatiguent. En tout cas, moi, je ne lui conviens pas. Si j'étais un garçon, bon skieur de surcroît, papa me parlerait avec naturel, il ne me demanderait pas de faire l'œuf devant une foule de gens et ne m'aurait sans doute pas prénommée Suzine. Au lieu de rentrer déjeuner à 13 heures pétantes, nous sommes arrivés à l'Herminôtel à quatorze. Camélia commençait à s'impatienter, pas pressée de boulotter ses algues mais très anxieuse à l'idée que le serveur ne donne « sa » table d'angle, banquette vue sur neige, à une autre famille. Papa lui a alors raconté sa matinée de ski comme s'il avait douze ans :

— C'était dingue, Cam' ! Sur les pistes, on a rencontré Tom, un mec trop trop sympa qui skie mieux que moi et avec lequel je me suis vraiment éclaté, hein Suzine ? En plus, il connaît les bispatules.

Camélia a examiné ma tête. Contrairement à celle de mon père qui ressemblait à un ballon rosi par le soleil, la mienne s'allongeait. Papa a filé aux toilettes en nous ordonnant de commander pour lui et nous sommes allées nous asseoir à la table d'angle. Camélia a fait un clin d'œil très prononcé au serveur qui lui avait sauvé « sa » table. J'ai alors pu lui expliquer que nous avions skié avec Tom, et que Tom était le garçon d'hier.

— Qu'est-ce que je peux faire pour t'aider ? m'a aussitôt demandé Camélia.

J'ai alors raconté mon problème avec Tom, l'amoureux de mes deux meilleures amies qui ne me parlent plus. J'ai expliqué qu'il m'était délicat de le côtoyer en vacances alors qu'au retour en cours il apprendrait sûrement par les deux autres que j'étais ceci ou cela. J'ai évité de dire « lâche » ou « nulle ». Mieux vaut parfois se *chuter* sur les détails. Je n'ai aucune envie de prononcer les défauts qu'elles me reprochent. J'ai peur que les prononcer ne les inscrive en moi. D'ailleurs, Camélia n'en a pas réclamé davantage, elle a juste dit :

— Tu connais la règle des miracles, Suz' ?

Je ne connais pas la règle des miracles. Mais j'aime l'idée que quelque chose d'aussi magique qu'un miracle soit, exactement comme quelque chose de concret, soutenu par une règle. Camélia m'explique alors qu'un miracle ne vient jamais seul : être dans la même station de ski que Tom est miraculeux, certes, mais le vrai miracle qui découle de la règle des miracles, c'est que Tom, après avoir été amoureux de mes deux meilleures copines, est é-vi-dem-ment amoureux de moi.

— Ça crève les yeux ! Tu es complètement miro ou quoi, ma Suz' ? s'esclaffe Camélia.

— Qui est miro ? demande papa de retour.

Camélia ne répond rien. Sa discrétion concernant les conversations entre filles est absolument irréprochable. Je commande un hot-dog mais dès que je relève mes yeux de ma saucisse, je vois Camélia, radieuse, cligner d'un œil pour m'assurer que cette conversation reprendra plus tard. Mon père parle de Tom, « si poli et pourtant si sportif », comme si les deux qualités étaient incompatibles. Il évoque son humour, son énergie, et ça part dans tous les sens d'autant que Camélia ne peut s'empêcher de rythmer les paroles de mon père par des hum hum assez lourds. On change enfin de sujet à l'annonce du programme de l'après-midi. Mon père aime planifier. Pour qu'il gagne en sérénité, il faut que chacun entre dans sa case : je file à l'école de ski rattraper mon cours du matin, Camélia retourne dans la boue et papa espère croiser Tom au « restau » d'altitude pour s'offrir une ou deux petites descentes « pas dégueu » avec sa bande. Après quoi, Herminôtel et douche pour tout le monde, puis soirée blanche.

— Tu veux aller à la soirée blanche, Chris ? s'étonne Camélia.

— Je ferai ça pour vous... Skier comme ce matin m'a mis en pleine forme !

Je me *chut.*

C'est ridicule. Mon père va aller rôder au restaurant d'altitude dans l'espoir de retrouver son camarade de descente. N'importe quoi ! Dans ma tête, je soupçonne que règne le même chaos que dans celle de maman les soirs où l'idée de son encyclopédie de la poésie la taraude, une encyclopédie en plusieurs volumes ne regroupant que ses propres créations. Encyclopédie qu'elle compte recouvrir d'un morceau de toile cirée à motif de montgolfière, complètement ringard, cela va sans dire.

Mon portable vibre dans ma poche. Je ne peux pas le sortir à table, pour trois raisons : nous sommes en famille au restaurant et c'est mal élevé ; je ne suis pas censée garder mon portable dans mon pantalon de ski car je risque de le perdre ou de l'abîmer ; et enfin, on m'a récemment priée de le consulter une ou deux fois par jour afin de répondre aux messages de ma mère mais de ne plus rester rivée à lui, ce petit engin de malheur qui détourne les adolescents du chemin de la connaissance. En plus, suite à mon « petit problème », tout le monde craint que les ondes ne m'endommagent les oreilles.

— Tu as vibré, observe mon père, soupçonneux.

— Non, c'est moi, répond Camélia, glissant la main dans la poche de sa microjupe.

Décidément, j'ignore pourquoi j'ai tant de mal à accepter ma belle-mère. Elle est toujours là pour me tirer du pétrin.

Le problème, quand je reçois un SMS, c'est que je ne supporte pas d'attendre pour le lire. Je veux savoir immédiatement ce qu'il contient. Depuis ma rupture avec Violetta et Romane, je suis encore plus pressée. C'est un peu comme si j'attendais ma paire de claques du jour pour enfin respirer, puisque l'une comme l'autre m'envoient exclusivement des messages agressifs. J'ai vu une publicité sur le harcèlement moral et ça y ressemble. Franchement, je suis tranquillement occupée à vivre ma vie et je reçois un mot qui m'atterrit sur le cœur, ou sur les nerfs. Si j'étais une enfant sans ressources, je m'effondrerais. Heureusement que la poésie de ma mère m'a enseigné que les vilaines phrases peuvent cacher de gentilles personnes. En attendant, j'ai absolument besoin de voir qui m'écrit, d'autant que mon téléphone vient à nouveau de vibrer.

— Toujours moi, dit Camélia en regardant mon père.

Je prétexte alors une envie urgente et je file aux toilettes où je peux enfin lire mes SMS. Je passe sur le premier : « Suzine coquine, je regardais par la fenêtre quand j'ai vu passer un hêtre, ces arbres qui te faisaient peur quand Avoir était ton bonheur. » Le deuxième, en revanche, pèse un certain poids : « Suzine, j'ai été super heureux de skier avec toi. Ce soir, ça te dit de venir à la crêperie avec nous ? Tom. »

CHAPITRE 7

J'ai laissé mon portable dans la chambre avant de partir à l'école de ski. Frédo, le moniteur de l'après-midi, embarque sa joyeuse troupe avec un air peu enjoué. Moi qui suis très sensible à l'humeur des adultes, je sens que ça peut barder. Il n'est pas du genre à rire si je perds mon bâton depuis le télésiège. Mais pas d'affolement, Frédo est sûrement plus sympa que papa. Quand il me voit faire l'œuf, il me signale que si je me mets en schuss sur un terrain plat, il ne me restera plus de position pour un terrain en cuvette. Les autres rient, à cause du mot « cuvette ». Je n'aime pas les poncifs de papa sur les adolescents mais franchement, on a quand même le rire un peu facile. Je me *chut* en souriant. Se *chuter* en boudant est souvent pris pour une posture de repli volontaire auprès des gens de mon âge. Quand je me *chut,* contrairement à ce que mes ex-amies pensent, je ne le fais pas par lâcheté ou par désintérêt, je le fais parce que je connais une sorte d'embouteillage intérieur qui s'appelle la panique.

Je n'ai jamais aussi bien skié. Tout ce qui peut m'éloigner en pensée de mon téléphone portable est bienvenu. Léocadie, une fille de mon groupe avec qui je partage le télésiège, séjourne elle aussi à l'Herminôtel et elle a repéré ma « mère ».

— C'est ma belle-mère, lui dis-je.

Léocadie trouve que j'ai de la chance, Camélia a l'air marrante. Quand on m'adresse un compliment, même indirect, je suis parfaitement incapable de répondre, je me *chut,* ou, maladroitement, je renvoie quelque chose comme :

— Pour ma part, je trouve tes skis très beaux.

Après, c'est silence total sur le télésiège. Je suis vraiment une bille. Dès que la possibilité d'une nouvelle amitié se profile, je fiche tout par terre. Avec ce qui se passe au collège, il va pourtant falloir que je me fasse à l'idée de changer de groupe d'amis. Frédo nous attend à l'arrivée. J'oublie qu'il ne faut jamais faire l'œuf et je quitte mon siège penchée en avant et roulée en boule, le blanc sur le visage, le jaune dans le rire, parce que franchement, le ski, c'est pas mon truc. On est tout près du restaurant d'altitude. Je prie pour ne pas voir passer mon père de quarante-six ans et sa bande de nouveaux copains de mon âge. Et je prie surtout pour que le SMS de Tom quitte ma boîte à pensées. Léocadie m'attend ou, quand elle prend du retard, elle me crie de l'attendre. Elle a dû apprécier mon compliment sur ses skis. Et le cours se passe à peu près tranquillement jusqu'à ce que mon père vienne m'y chercher. Avec Tom. Je suis en train de déchausser Léocadie qui semble avoir quelques difficultés du genre des miennes à retirer sa chaussure de sa butée quand j'entends :

— Salut ma grande, regarde qui est là !

J'attends un peu pour me retourner.

Camélia ? Je la sais pourtant occupée à *spasser* et peu encline à changer son programme pour nous attendre en bas des pistes. Qui alors ? Je me retourne, et je vois mon père et Tom, leurs lunettes sur le front, et leurs lèvres nacrées de stick déployées sur leurs vastes dents blanches. Je ne peux quand même pas me *chuter*, alors, peu inspirée mais avec tout l'élan disponible à cet instant, je réponds :

— Ah. Tom. Salut.

Léocadie a coincé son bâton dans sa fixation, je l'aide encore, mais Tom prend la relève pendant que papa propose :

— On va boire un chocolat chaud tous les trois ?

Léocadie, enfin débarrassée de son matériel, quitte l'école de ski derrière nous pour se diriger vers l'hôtel. Je l'attends. Tom et papa marchent devant nous. Ce que je constate, c'est que Tom, en vacances, jouit d'une liberté totale, idem pour Léocadie qui peut rentrer seule de l'école de ski, tandis que papa me colle et vérifie sans cesse où je me trouve. Récemment, il m'a même demandé de lui envoyer un SMS pour lui dire que j'étais bien arrivée dans la chambre, tandis que lui et Camélia restaient lire au coin du feu.

Camélia nous attend dans le salon de l'hôtel, couverte comme un oignon. Elle se gèle, elle a mal au nez, ça ressemble à un gros rhume. Papa, qui se rappelle de temps à autre qu'il a choisi une nouvelle femme et qu'il faut parfois en prendre soin, la force à remonter dans la chambre. Température, tisane, couette, pas de soirée blanche : le traitement est déjà en marche. Je me retrouve seule avec Tom qui me dit aussitôt :

— Ton père, il sait vraiment tout faire. Il godille comme dans un film des années 80, il raconte des blagues drôles, et je suis certain qu'il va soigner ta mère en moins de deux.

— Ma belle-mère.

— Tu veux un chocolat ? me demande Tom en s'approchant du bar.

Léocadie rôde dans le coin, je lui dis de venir avec nous et on se retrouve tous les trois le nez dans nos chocolats. Tom n'est pas du genre à se démonter, il me demande :

— Tu as reçu mon SMS ? Je te proposais de dîner avec moi ce soir. Je vais à la crêperie avec les amis que tu as vus hier, ça te dit de nous accompagner ?

Je me tourne vers Léocadie. Elle comprend mes regards plus vite que les conversions ou les dérapages, alors elle accepte. Là encore, je me dis qu'il y a des filles de mon âge qui peuvent accepter une invitation à dîner sans demander à leurs parents. Mais juste après, deux mastodontes se pointent derrière elle. Lui, qui semble être son père, et elle, qui ressemble à une mère, l'attrapent chacun par une épaule et beuglent en même temps :

— Léocadie, ton diabète !

Son chocolat chaud est aussitôt échangé contre une verveine. Sans doute s'accorde-t-elle des libertés un peu facilement. D'ailleurs, ses parents lui demandent de venir s'asseoir avec eux. Elle part quelques tables plus loin. Pendant que je contemple Léocadie que je ne connaissais pas trois heures auparavant, certaine que sa vie est partiellement mieux que la mienne, Tom plonge le nez dans son portable et m'annonce qu'il est étrange que je n'aie pas reçu son SMS puisqu'il a, de son côté, l'accusé de réception.

— Je laisse mon téléphone dans ma chambre. Je le consulte en fin de journée en général...

— Tu es tout l'inverse de Romane alors ! Elle est pire que Violetta, je crois. Je n'ai jamais vu ça, elle est capable de regarder son portable pendant qu'elle téléphone dessus, me répond Tom.

Je me *chut*. Le moment tant redouté est arrivé. Il va me falloir parler de mes deux ex-amies en gardant l'air naturel si, par chance, Tom ignore encore qu'elles m'ont rejetée.

— Ça avait l'air tendu entre vous avant les vacances, je me trompe ? me demande Tom.

Je ne peux pas me *chuter*, je dois penser au retour en cours et m'arranger pour qu'il entende ma version avant celles des filles. Sans trop les trahir.

— Un peu, oui...

— Un peu ?

— Oui, un peu...

C'est la première fois que je prends sur moi et que je m'interdis de me *chuter*, alors je reconnais que ça commence mollement.

— Tu sais ce qui s'est passé entre elles ? me demande-t-il.

Entre elles ? Il ne manque pas de toupet. C'est quand même lui qui est sorti avec les deux, non ?

— Je crois qu'elles sont jalouses, lui dis-je.

— Jalouses ? Mais de quoi ?

De deux choses l'une, soit je lui dis qu'il sait mieux que moi ce qui se passe. Soit je lui explique qu'elles me reprochent de ne pas choisir entre elles deux. Je prends la deuxième option. Mais avant, je vérifie que mes cheveux sont bien lissés sur mes oreilles.

— Romane en a voulu à Violetta d'être avec toi, et Violetta en veut à Romane d'être avec toi. Il y a aussi une histoire de pull complètement idiote. Chacune m'en veut de ne pas la choisir contre l'autre. Voilà. On parle d'autre chose ?

Comme quoi, quand je décide de ne pas me *chuter*, on peut dire que j'assure.

CHAPITRE 8

Camélia est vraiment malade, et papa dîne avec nous à la crêperie. Léocadie n'a pas eu le droit de venir. Et Tom, déjà là quand on arrive, nous adresse de grands signes comme s'il ne remarquait pas que j'arrive avec mon père. C'est quand même un problème d'être ridicule plusieurs fois par jour à cause d'un parent collant. Deux, si je compte le dernier SMS de ma mère : « Ma Suzine divine, passe une belle soirée, compte les étoiles, envoie-moi des voiles, que je te retrouve, et qu'on puisse voguer. »

— Une raclette ? propose papa qui n'a pas encore pigé qu'on est dans une crêperie.

Sybille, Bianca et Barnabé ont tiré une drôle de tête en voyant arriver mon père. Ils ont interrogé Tom du regard, mais Tom n'a pas réagi. Ses amis ont pourtant raison. Si papa continue à nous coller comme ça, il va passer pour le pédophile de service. Franchement, aller seule à la crêperie qui jouxte l'hôtel, dans une station de ski familiale, avec quatre amis, ne relève pas du grand défi, mais pour papa, si. Il m'a parlé des déneigeuses qu'on ne voit pas passer et qui nous avalent. D'ailleurs, en le disant, il m'a rabattue contre le mur, afin que je ne marche pas côté rue. Heureusement, Tom était repassé prendre sa douche au Foyer du ski et personne n'a été témoin de cette obsession paternelle. Juste Camélia qui nous faisait un signe par la fenêtre. J'ai été la seule à la voir parce que j'avais le nez en l'air, et je n'ai rien dit parce que mon père lui aurait sûrement hurlé de vite se remettre sous la couette.

J'ai pris une galette complète, comme Tom et ses trois amis, tandis que papa a commandé une galette à l'andouille. Une odeur de poubelle sort de son assiette et je suis gênée au maximum quand il nous propose d'y goûter. On parle de ski et de musique. Bianca et Sybille font bande à part, snobant ostensiblement mon père. Je comprends. Tom reste très cool. Il donne l'impression que la présence de mon père ne gêne rien. Moi, j'ai hâte qu'on en finisse, et encore plus hâte de remonter dans la chambre, de me coller à Camélia, d'attraper son rhume et de rester au lit tout le reste du séjour. Au moment où je calcule la meilleure méthode pour que ce dîner finisse rapidement, mon père déclare qu'il doit aller retrouver Camélia et qu'il nous laisse. Il me fait quelques recommandations : déneigeuse, inconnu des neiges, animal non identifié, verglas, poteau dans la figure, tueur en série. Je me *chut,* et il s'en va.

— Qu'est-ce qu'il est sympa, ton père ! lâche Bianca. Si le mien venait au restaurant, ce serait l'enfer !

Je me *chut*. C'est aussi la réponse que je choisis quand j'ai le sentiment qu'on se fiche de moi. Tom explique alors la super matinée qu'ils ont passée, mon père et lui, et commence à parler de son propre père, qui n'a pas de skis doubles spatules et qui lui a donné la permission de 22 heures. Nul. Nase. Berk.

— Nous pareil, se plaignent les trois autres.

C'est alors que je me rends compte que mon père n'a pas parlé d'horaire de retour. Ai-je la permission de minuit ? Je sens quelque chose se poser sur ma main droite, elle-même plaquée à côté de ma cuisse, sur le banc de bois. C'est chaud, tentaculaire, un peu moite aussi. Parmi les dangers de la station, mon père n'a pas mentionné les pieuvres. Or j'ai la certitude qu'un animal étrange est posé sur ma main. Inerte, celle-ci se laisse recouvrir.

Je n'ai jamais embrassé de garçon. J'ai failli embrasser le filleul de Camélia l'été dernier mais, au moment de le faire, on a eu peur d'avoir des enfants anormaux si on tombait amoureux pour toujours, donc on a reculé. À la place, on a fabriqué des glaçons au Teisseire menthe. Ce que je sais, par mes amies plus avancées que moi dans ce domaine, c'est qu'en général, un baiser est précédé d'un geste : main dans la main, main sur l'épaule sont deux indices qui signifient que le garçon ou la fille est prêt pour la suite.

La pieuvre ne se décolle pas de ma main. Je ne peux plus tourner ma tête vers Tom, mais avec ma vision latérale hyper développée je vois très bien que la pieuvre est à lui et que d'ailleurs c'est sa main. Sa main gauche malaxe ma main droite tandis que Tom fixe Sybille en lui parlant de Stromae qui n'est pas ivre pour de vrai dans le clip de *Formidable*.

Je ne sais pas du tout comment retirer ma main sans que Tom s'en aperçoive mais je me vois mal la laisser coincée sous la sienne. Peut-être qu'il ne l'a pas posée là exprès ? Il a posé sa main sur la banquette, eu le choix de contacter soit le bois dur de la banquette soit une sorte de coussin de chair. Il a pris la deuxième option sans se poser la question du propriétaire de la chair. Je dois relativiser. Mais pour attraper mon verre, avoir la main prise n'est pas idéal. Ma main droite est sous cloche. À gauche, ma serviette se sent libre. Elle m'indique le point cardinal à suivre. En avant toute côté gauche ! Car oui, la question est : comment tourner la tête vers celui qui a posé sa main sur la mienne, même par inadvertance ? Je me vois mal le regarder.

— Tu as les joues drôlement rouges. Tu as chaud ? me demande Sybille.

Décidément, elle n'a pas desserré les dents depuis mon arrivée mais dès qu'elle peut me mettre mal à l'aise, elle fonce.

— Les joues roses ? s'enquiert Tom en se penchant sur la table pour essayer de croiser mon regard puisque je reste bien raide, de profil, voire de trois quarts mais pas tournée vers lui.

— Oui, reprend Sybille, tu es même écarlate ! Tu fais une réaction allergique à ta crêpe ?

— N'importe quoi, interrompt Tom, tu n'es pas du tout rouge, Suzine, ton teint est à peine rose, et c'est très joli.

Bon. Ce n'est pas pour voir le mal partout mais en disant cela, Tom presse ma main. Il s'agit, si je ne m'abuse, d'une sorte de connivence, voire de soutien, mais il doit savoir, à l'avenir, que je suis parfaitement capable de me défendre toute seule. D'ailleurs, si j'avais mes deux mains, je renverserais volontiers mon reste de salade à la figure de Sibylle que mes rougeurs rendent euphorique. Je tente l'impossible : retirer ma main droite de l'emprise de Tom. Je procède d'abord délicatement, faisant du banc une patinoire pour me glisser vers la liberté, mais Tom qui ne comprend pas l'injonction discrète de ma main a besoin de davantage d'autorité, alors j'opte pour la violence, et je retire ma main d'un coup sec. Vlan. Me voilà libre. Mais comment me débarrasser des paroles de Tom qui radote, tel mon père devant un coucher de soleil enneigé ?

— En tout cas, c'est vraiment joli sur toi les coups de soleil, insiste-t-il.

Bianca décide alors de mettre son grain de sel et déclare qu'à la soirée blanche, je vais détonner, rouge comme une tomate.

J'avais totalement oublié la soirée blanche, d'autant que Camélia, du fond de son lit, n'a pas pensé à me la rappeler. Bianca, Sybille, Barnabé et Tom l'écraseur de main ont tous envie d'y aller. Avec leur permission de 22 heures, ils vont pouvoir y rester une demi-heure. Je pourrais le dire, ça, par exemple, comme une petite vacherie-retour, mais je me *chut*. Je n'arrive pas à être une peau de vache. Barnabé propose qu'on ne prenne pas de dessert et qu'on se dépêche de retourner à l'Herminôtel, et on accepte tous, moi y compris, même si une crêpe sucrée aurait été bienvenue après ces petites émotions. Au demeurant, la main de Tom n'est pas revenue et je peux considérer, afin de me calmer, qu'il n'a pas tenté de rapprochement. J'ai sûrement tout imaginé. Tom n'est pas l'amoureux en série, capable d'enchaîner trois histoires avec trois meilleures amies, Violetta, Romane et moi.

La soirée blanche n'a évidemment pas commencé. Je me suis *chutée* mais je savais bien que les soirées de l'Herminôtel commencent à 22 heures, après la pré-soirée ludique : karaoké, Trivial Poursuit, jeu de mimes, grand loto des odeurs, élection de Miss Machin. Grâce à Camélia qui ne peut vivre sans activité amusante – « débile », objecte généralement mon père –, je connais le planning des réjouissances avant même d'arriver dans nos lieux de villégiature. Camélia a besoin de s'aérer, comme si la seule présence de mon père ne suffisait pas à la divertir. Bianca et Sybille sont dépitées. Le menton vers le bas, elles râlent toutes deux contre le manque d'ouverture de leurs parents qui ne vont jamais accepter qu'elles débordent sur l'horaire prévu. Quant à Barnabé, il se lamente, pas sur ses parents mais sur le fait qu'on a aussi raté le dessert.

— On a tout raté, chouine-t-il.

Tom me regarde, pour décider s'il doit répondre ou se *chuter*, comme moi.

CHAPITRE 9

Camélia a fait quelque chose de dingue. Elle a attendu que mon père dorme, c'est-à-dire 21h45, pour enfiler une minijupe (doublée à cause de son rhume) et descendre nous retrouver. Quand elle a compris que mes quatre compères n'avaient pas la permission de minuit, elle est retournée avec eux au Foyer du ski, promettant aux parents qu'elle ramènerait tout le monde à 23 heures pétantes. Plantée à côté d'elle, je n'ai pas expliqué qu'elle était ma belle-mère et non ma mère, et je l'ai regardée faire sans moufter. Par chance, elle avait enfilé sa parka et personne n'a observé que ce qu'elle portait aux pieds ressemblait davantage à des escarpins qu'à des Moon Boot. Il nous a fallu pas mal de temps pour que chacun retrouve ses parents : ceux de Bianca et de Sibylle étaient encore à table ensemble, ceux de Barnabé jouaient au scrabble, mais ceux de Tom étaient déjà couchés. Nous étions sur le palier des chambres, Sybille, Bianca, Barnabé, Camélia et moi, tandis que Tom gratouillait à la porte pour prévenir ses parents qu'il avait une question urgente à leur poser. Il a laissé la porte entrouverte et on a entendu son père lui répondre qu'il était pénible, et qu'un accord était un accord. Tom a parlementé avec diplomatie, et c'est finalement sa mère qui a pointé son nez dans le couloir. Camélia, bien au fait de la question, l'a d'emblée empêchée de parler :

— Bonsoir madame, je suis navrée de vous déranger dans votre chambre mais ma fille vient de me faire le même coup ! Figurez-vous qu'agacée mais compréhensive – on a été jeunes, non ? – je me suis dit que j'allais prendre la responsabilité d'emmener tout ce petit monde faire la fête à l'Herminôtel. Tom sera de retour à 23 heures, je vous le promets, je m'y engage !

Puis, sans attendre l'accord de la mère de Tom, elle nous a lancé : « Allez hop, filez vite, les enfants, le temps tourne ! » Alors on a filé vers la sortie tandis qu'elle s'entretenait encore un moment avec la maman de Tom. Nous avons entendu quelques bribes de conversation qui contenaient les mots « surveillance »,

« autorité », « exactitude », « confiance », « jeunesse », et si les autres ne l'ont pas forcément compris, moi j'ai admis que Camélia pouvait entourlouper n'importe qui. Un serveur, d'un clin d'œil. Une mère de copain de classe, avec un discours soigné de mère de famille. Je ne comprends pas qu'elle et papa n'aient pas encore d'enfant. Parfois, elle fait la gamine en disant qu'elle a trop peur d'engendrer une progéniture à quatre jambes ou à deux têtes, et mon père la rassure peu dans ces cas-là. Il se contente de dire que tant qu'elle s'angoisse comme ça, il vaut mieux être raisonnable et s'abstenir.

À l'Herminôtel, la soirée a déjà commencé. Le seul hic, majeur, c'est que mon père en short (long) de nuit et claquettes de piscine arpente le dancefloor à la recherche de Camélia. D'ailleurs, quand il me voit, il ne cherche pas du tout à prendre de mes nouvelles. En revanche, il me demande :

— Camélia ? Tu n'as pas vu Camélia ? Elle n'est plus dans le lit !

Je me *chut*. Il me gronde de ne pas répondre. Depuis que je suis débarrassée de mon « petit problème », ça l'horripile que je ne réponde pas du tac au tac. Quand, à huit ans et demi, j'ai eu mon « petit problème », j'ai d'abord cru que c'était normal. Devenir sourde correspondait dans mon imaginaire enfantin à devenir adulte. J'ai donc pensé que tout était normal et qu'il était de mon devoir d'affronter cette étape vers l'âge adulte. Je n'ai donc révélé à personne que j'entendais de moins en moins, essentiellement d'une oreille. J'ai commencé à plisser les yeux, à froncer le nez, mais ceci n'a en rien amélioré mon audition. J'ai de plus en plus marché comme un crabe, avançant le visage, ma meilleure oreille vers l'avant, quand un interlocuteur s'exprimait. Papa, à l'époque, persuadé que je « me cherchais » ou que je faisais l'andouille pour me faire remarquer, me houspillait autant qu'il pouvait. Même si « mon petit problème » a fini par être découvert et traité, papa en garde un mauvais souvenir et m'interdit la moindre hésitation.

Mais pas question de balancer ma belle-mère avec tout ce qu'elle fait pour moi. Depuis qu'elle a obtenu pour mes camarades cette permission de 23 heures à condition de nous chaperonner, je suis la reine de la soirée. Un peu trop pour Tom, qui reprend ma main pour un animal chaud et approche parfois la sienne pour voir si la mienne s'y glisse. Dans ma poche, vient de sonner mon arrêt de mort. Romane m'a écrit : « C'est vrai, Suz, que tu es à Ossoy ? Tu as croisé

Tom ? », et Violetta, dans la foulée : « Salut Suz, sait pas à Aussoi que t'es ? si oui y a Tom. Tulavu ? » Restons positifs. La bonne nouvelle est que mes deux amies m'appellent Suz. J'y vois une évolution favorable par rapport aux SMS passés dans lesquels elles ne m'appelaient pas. La mauvaise nouvelle, c'est que non seulement j'ai croisé Tom, mais qu'en plus il vient de m'inviter à danser. Il est 22h17 et je suis à une soirée, me dandinant comme je peux face à leur amoureux commun. Waou ! Que leur répondre ? D'autant que la main de Tom continue d'essayer d'attraper la mienne sans prêter la moindre attention à Sybille et Bianca qui rient de son manège et proclament d'une même voix :

— Ben dis donc, on dirait que Tom t'aime bien !

Je me *chut*, de toute façon le son est beaucoup trop fort pour que je tente de répondre. Et puis un spectacle me détourne de mes camarades, celui de papa aux prises avec Camélia qui ne veut rien entendre quand il lui dit :

— Remonte tout de suite ! Ta fièvre va empirer, c'est n'importe quoi !

Camélia rit à gorge déployée et papa qui se retient d'être trop furax la regarde, complètement dépité. Moi, je n'ai pas du tout envie qu'elle remonte parce qu'elle est censée nous surveiller et ramener les copains au Foyer du ski. Il est 22h24 et Barnabé vient d'attraper Bianca par l'épaule. Il est beaucoup plus petit qu'elle mais je constate qu'à son tour, elle passe son bras autour de sa taille. Tom qui a suivi la scène me regarde en me faisant un clin d'œil. Depuis qu'il m'a lâché la main, j'arrive à tourner la tête vers lui mais jamais complètement. Je me fais penser à Izon, le chien de ma grand-mère qui se vexe quand on lui adresse un reproche. Il est capable de regarder l'horizon pendant des heures en attendant qu'on s'excuse. Sybille, qui se retrouve toute seule, semble vivre assez mal la situation : Bianca et Barnabé d'un côté, Tom et moi de l'autre. Je lui présenterais bien Léocadie mais elle doit être déjà couchée. Mon père s'est assis au bar et feuillette un *Géo*. Tom le rejoint. S'agit-il déjà de la deuxième phase que m'ont racontée mes copines ? Celle où le garçon amoureux se refroidit d'un seul coup pour montrer à la fille son détachement ? Si c'est le cas, j'ai bien fait de ne pas répondre à l'appel de la pieuvre. Par simple curiosité et non par instinct de pot de colle, je m'approche de mon père et je prends part à la conversation, muette mais concentrée. Tom et lui parlent doubles spatules.

Il faut absolument que je revienne sur cette affaire de ski bispatules. Mon père, qui a un niveau deuxième étoile « ++ » mais se prend pour un moniteur émérite, s'est récemment piqué de skier à reculons. Il a remarqué qu'il n'avait pas peur de la pente, qu'il trouvait même très amusant de l'avoir dans le dos et il a alors découvert que le ski bispatules avait été inventé avant même qu'il éprouve le besoin d'en faire, ce qui était une très bonne nouvelle. Un samedi, il a donc convaincu Camélia de randonner jusqu'au magasin de sport et n'a pas voulu l'écouter quand elle lui a suggéré d'en louer, pour essayer. Mon père a immédiatement voulu ses propres skis à doubles spatules. Il avait lu sur les forums que le ski bispatules s'adaptait aux pieds de son maître. Camélia l'a laissé faire, regrettant de n'avoir su le démotiver quand il a fallu fixer les skis sur le toit au moment de partir en vacances. Sages comme deux images, une bavarde et une muette, nous nous sommes assis sur deux plots le temps que papa fixe son bazar. Nous avions prévu de rouler tôt le matin mais nous sommes partis juste avant midi, les skis traversant l'habitacle de la voiture, de la nuque de Camélia à mon oreille gauche. Quand j'y repense, j'ai passé le voyage la tête tournée à droite. Dîner à la crêperie était une façon comme une autre de rééquilibrer mes vertèbres en regardant vers ma gauche.

À l'époque de mon « petit problème » que je tentais de masquer au maximum, je me faisais très mal au cou en me contorsionnant au plus près de la bouche de mes interlocuteurs. Le soir, dans mon lit, j'essayais de remettre ma tête droite, en la forçant dans l'autre sens. J'avais peur de rester de guingois pour toujours. À l'école, il était arrivé qu'on me regarde bizarrement. J'imagine que ça ne donne pas l'air très adapté d'avancer la tête de guingois comme un serpent. À présent, j'entends très bien mais j'ai quand même un torticolis. Si j'ai longtemps cru que la surdité était l'entrée dans l'âge adulte, je crois comprendre que le torticolis est l'entrée dans l'âge des amours.

Tom s'arrange pour changer de place à chaque fois que je bouge la tête, et il fait cela machinalement tandis que mon père, qui n'espère plus remonter Camélia dans leur chambre, prend ses claquettes de piscine pour des skis bispatules et explique à Tom qui skie dix fois mieux que lui l'intérêt de skier à reculons.

— Tu vois, tu files dos au vide, t'es dans ton truc, t'es bien, répète papa à Tom.

Qui a l'air d'accord.

Camélia, entourée de Bianca, Sybille et Barnabé, vient nous retrouver pour ramener Tom. C'est l'heure, on a promis aux parents, et elle tient sa promesse. Le nez rouge et les yeux brillants, la voix plus grave intense qu'Amy Winehouse, elle refuse que mon père s'occupe du retour de mes copines à sa place :

— C'est à moi qu'on a fait confiance. C'est moi qui m'occupe des enfants jusqu'au bout !

Et nous voilà partis au Foyer du ski. Je suis un peu dégoûtée parce que mes camarades ne remercient pas Camélia d'avoir œuvré en faveur de leur liberté. Je me demande s'ils le feraient plus naturellement si elle était ma mère, mais sans doute pas. Ils s'en moquent totalement. D'ailleurs, elle ne demande rien, mais quand nous retournons toutes les deux vers notre hôtel, j'entends Bianca marmonner qu'elle porte des talons beaucoup trop hauts.

Mon téléphone vibre à nouveau dans ma poche. Je n'ai répondu à personne, ni à Violetta, ni à Romane, ni à ma mère qui s'est quand même fendue d'un terrible message : « Suz s'use sur les pistes où elle fuse, Suz s'use ? Non, Suz est inusable ! » Là, franchement, on touche le fond.

Mais comme je refuse de m'endormir sur une note négative, je réponds aux trois. À ma mère, j'écris : « Coucou maman, c'est super ici, tout va bien et j'espère que pour toi aussi. Je t'aime. » À Violetta, j'écris : « Tom ? Ah bon ? Je te dis demain si je le croise. Bisous. » Et à Romane : « Pas vu Tom pour le moment, mais j'ai un rhume. Bisou. » Après, j'éteins le portable, et puis je le rallume. J'attends les vibrations. Seule maman répond : « Bonne nuit ma Suzi', prends le temps de tes rêves. »

CHAPITRE 10

La situation n'est pas dramatique mais si je récapitule avec un tant soit peu de recul (une nuit, c'est peu), je dois avouer que je suis accablée par de multiples problèmes. Il est 8 heures et je bois « en vitesse » (merci papa) mon chocolat chaud trop chaud avant d'aller skier sous la neige fondue. Ma belle-mère a 39 de fièvre et mon père m'en veut de l'avoir incitée à sortir hier soir. Ignore-t-il à ce point que je n'ai aucun pouvoir sur sa femme et qu'elle est un électron libre ? De plus, Tom est amoureux de moi ou, en tout cas, il a décidé de faire comme si. Mes deux copines de vacances ironisent sur ma belle-mère et mes deux copines d'école ne répondent plus à mes messages. C'est plutôt bon signe. Elles m'ont crue.

À midi, je sors de l'école de ski. Mon père m'attend, perché sur ses doubles spatules et l'air jaune. Il ne sait pas s'il est enrhumé ou mal foutu. Nous rentrons déjeuner, et qui croisons-nous sur le chemin ? Tom.

— Suzine ! Je suis trop content de te revoir !

Quelle glu ! On s'est quittés hier à 23 heures. Sa joie n'est-elle pas un brin excessive ? Moi, évidemment, je me *chut*. Tom parle pour deux, et même pour quatre puisqu'il convoque les deux absentes :

— J'ai eu un appel de Violetta ce matin. Elle voulait savoir si on s'était vus. J'ai dit qu'on avait passé la soirée tous ensemble. Du coup, Romane m'a appelé et j'ai confirmé !

Se *chuter*, c'est bien, mais hurler, parfois, serait plus adapté. Là, j'ai envie de pousser toutes sortes de plaintes : Au secours, À l'aide, Berk, Help, Non, Aïe, mais je me *chut*. Au pire, ma vie est terminée. Au mieux, elle est fichue. Nous sommes mardi, je retourne en cours lundi prochain. Je n'étais pas en odeur de sainteté en partant en vacances. La cause ? Ma lâcheté. À présent, je vais devenir aux yeux de tous mes camarades de collège le monstre suprême, mix entre une menteuse et une fourbe. Par chance, Tom ne me plaît pas du tout et ses tentatives amoureuses resteront vaines. D'ailleurs, Tom est juste un petit allumeur. Franchement, quel garçon normal pourrait tenter sa chance auprès de la meilleure amie de ses deux copines ? Violetta et Romane ne lui suffisent-elles donc pas ? Maintenant, c'est moi qu'il veut ?

J'en ai touché un mot à Camélia ce matin, pendant que papa se brossait les dents. Elle m'a expliqué qu'au contraire, les garçons aiment chasser dans un périmètre restreint, et puis chaque nouvelle petite copine apporte à Tom une information essentielle : c'est moi la mieux de toutes les filles du monde (ou au moins du monde de Tom).

— Regarde ton père par exemple, a détaillé Camélia... Quand je l'ai rencontré, je sortais avec...

Aussitôt, je l'ai interrompue par un *chutage* massif qu'elle connaît bien et qui la freine.

— OK Suz', j'ai compris, too much information ! s'est-elle esclaffée avant de se taire, sans se fermer pour autant, Camélia ne boude jamais.

Alors je me suis rattrapée, j'ai marmonné :

— Non, ce n'est pas ça, Camélia, mais les histoires de papa, j'aime mieux que ça reste entre papa et toi...

— Je comprends très bien, ma Suz'.

Concernant l'intime, Camélia n'est pas contrariante. J'ai même rarement vu belle-mère moins fouineuse.

Si, en réaction aux méchancetés des autres élèves qui vont sûrement me conduire à une dépression nerveuse, je suis amenée à suivre à nouveau une scolarité à domicile, je ne serai pas fâchée qu'elle me refasse cours. J'ai la chance qu'elle travaille à la maison, pour un institut de sondages. Ma mère, infirmière, a des horaires plus stricts. Mais entre deux poésies, le soir, elle saura elle aussi, comme elle l'a fait par le passé, combler mes lacunes. Papa jouera l'inspecteur des travaux finis durant le week-end, et je n'aurai plus besoin de mettre un seul pied en cours. Avec un peu de chance, le collège déménagera et je ne risquerai jamais de croiser une ancienne camarade dans ma rue. Et puis je ne franchirai plus jamais les limites de ma rue. La rue Nobel peut tout à fait me permettre de vivre en autosuffisance, puisque s'y trouvent une épicerie, mon cours de danse, la Poste et un salon de coiffure. Un cabinet médical occupe tout le premier étage de mon immeuble. Ma vie recluse peut commencer.

Mais Tom n'a pas l'air d'accord pour me laisser me *chuter* dans mon coin. Il recommence :

— Tu sais, c'est fini avec Violetta, on est juste amis... C'est pour ça qu'elle me téléphone.

Je me *chut*. Il reprend :

— Et Romane, pareil. On est copains. Une bande d'amis. Avec toi... Enfin, toi...

Mon père, qui a appris la discrétion entre hier soir et ce matin, trottine hélas vingt mètres devant nous. S'il était à côté, au moins, Tom parlerait avec lui doubles spatules et vide dans le dos. Mais le voilà qui tricote du sentiment. Si seulement je parvenais à ne pas me *chuter* en face de lui, je lui dirais ce que je pense de son petit jeu d'allumeur. Il ne mène pas un double jeu, mais un triple. À qui va-t-il s'attaquer ensuite ? À Fleur ? C'est la quatrième de la bande, quatrième éloignée mais proche quand même. Elle est souvent avec nous, mais comme elle appartient aussi à une autre bande, on ne l'inclut pas tout à fait. Elle adore Manon, Emma et Estelle. Comme Violetta s'est disputée avec Estelle et Romane avec Emma, on ne peut pas trop rassembler les deux bandes. Mais on aime bien Fleur, quand même. Enfin « on » est un bien grand mot. Dans un proche avenir, il va falloir que j'apprenne à dire « je ». Comme avant.

Nous entrons dans l'Herminôtel et cette fois je ne me *chut* pas :

— Tu ne retournes pas au Foyer du ski ? dis-je à Tom.

— J'irai plus tard... On fait un baby-foot ?

— Là, c'est le déjeuner... Je dois aller m'occuper de ma belle-mère, elle est malade...

Évidemment, mon père qui marchait devant m'a quand même entendue et me lance :

— Mais non, Suzine, de grâce, ne va pas attraper sa crève ! Interdiction de t'approcher de Camélia tant qu'elle a de la fièvre. Je t'en prie, garde tes distances ! Les atteintes ORL sont mauvaises pour ton « petit problème ». Je vais lui monter un grog, reste avec ton ami, profite...

S'il pouvait éviter de mentionner mon « petit problème » en public, ce serait sympa... Combien de fois vais-je devoir le lui dire ? Au ton de papa quand il dit « profite », j'entends un sous-texte chargé du contraire. Papa déteste que les attentions ne tournent pas autour de lui, et prendre soin de Camélia malade, c'est un peu comme skier avec moi quand il veut double-spatuler peinard et à reculons. Ma poche vibre tellement que je me demande si ce n'est pas plutôt mon sang qui bout. Je prie pour recevoir deux cent soixante-douze SMS de ma mère, mais hélas je m'attends plutôt à constater que les gens qui m'écrivent sont des ennemies.

Je m'assois à la table préférée de Camélia, espérant la voir vite redescendre avec papa. Tom, qui n'a absolument pas compris que j'ai envie d'être seule, continue à tenter le coup :

— Plutôt qu'un baby-foot, avant le déjeuner, tu veux une menthe à l'eau ? Je t'invite !

Mais comment lui faire comprendre que je ne veux plus le voir ? Je sors mon portable de ma poche.

SMS numéro 1 : « Sale menteuse. »

SMS numéro 2 : « Pourquoi tu m'as pas dit qu'il y avait Tom dans ta station ? Je n'aime pas ton petit jeu. »

SMS numéro 3 : « Tu me le paieras. »

SMS numéro 4 : « Si tu n'as rien à te reprocher, pourquoi tu mens ? »

SMS numéro 5 : « Si tu n'as rien à te reprocher, pourquoi tu es une menteuse ?

SMS numéro 6 : « En fait, tu as toujours été jalouse de moi. »

SMS numéro 7 : « Je vais te pourrir. »

SMS numéro 8 : « Tom n'aime personne, et toi pas plus qu'une autre. »

SMS numéro 9 : « Ma Suzine douce comme une colline, frêle comme une sauterelle et joviale comme le Graal, envoie-moi une photo de toi sur tes longs skis, je t'enverrai une photo de moi sur un cheval. »

SMS numéro 10 : « Lundi ça va être ta teuf. »

SMS numéro 11 : « Violetta est aussi furieuse que moi. »

SMS numéro 12 : « Romane est aussi dégoûtée que moi. T'es trop naze. »

Je lis les messages, l'un après l'autre, mais j'ai tellement de larmes dans les yeux qu'ils sont trop lourds à relever, alors quand Tom me redemande pour la menthe à l'eau, le Pulco ou peut-être un Coca, je dis oui sans le regarder.

CHAPITRE 11

J'ai montré les SMS à Tom. Je lui ai raconté pour le pull à capuche, la dispute, l'arbitrage impossible entre Violetta et Romane. Il a bu un Pulco. Il a louché sur mon Coca et il l'a bu après son Pulco parce que moi, je ne pouvais pas. J'avais mal, j'avais peur, j'avais froid. Je n'avais pas mal au ventre, mais j'aurais pu. Il a tout écouté. C'était comme si ses cheveux se remettaient en arrière à l'écoute de mes histoires. Il avait l'air très sérieux, quoique assoiffé. Il m'a dit qu'il allait tout remettre d'aplomb et que lundi, je n'aurais pas peur. Il sera là. Et pas question que qui ce soit m'agresse ou me demande de rendre des comptes. Quand il est parti déjeuner au Foyer du ski, j'étais super mal. S'il me défend, c'est pire que tout. Violetta et Romane auront la preuve que je les ai trahies. Je peux leur mentir, leur écrire que c'est Tom qui m'a demandé le silence, ne souhaitant correspondre avec aucune des deux durant ses vacances... Mais c'est trop nul d'inventer un mensonge. Je dois absolument leur répondre quelque chose, mais quoi ?

Papa n'est pas redescendu déjeuner avec moi. Il est patraque. Je déjeune seule et l'après-midi s'ouvre devant moi. Je dois trouver quoi répondre et régler le problème. Vite. Personne ne peut se réconcilier avec mes amies à ma place. Le SMS est-il le meilleur mode de communication ? Oui, je pense. À treize ans, je ne connais pas meilleur moyen de communiquer. Je vais donc tirer au sort pour savoir par qui je commence. Romane ? Violetta ?

Il faudrait que mes deux SMS soient en harmonie afin que mes ex-copines ne m'accusent pas de mentir ou ne me reprochent pas de ne pas trancher de façon assez nette entre elles deux. Trancher ? Moi ? Mais ça se saurait si je pouvais trancher ! Les gens de la salle en sont au café, certains sont déjà repartis skier, et moi je suis toujours recroquevillée devant mon hot-dog, à pianoter sur mon téléphone. J'efface, je réécris, j'efface. Et Tom revient. Le voir me met mal à l'aise. Je le juge responsable de tout finalement. Si mes copines n'étaient pas tombées amoureuses de lui, nous n'en serions pas là.

— Tu veux qu'on skie ensemble cet après-midi ? me propose-t-il.

Déjà que je suis complètement angoissée, si je skie pour y remédier, c'est mal parti. Avec les mains dans les poches de son blouson, son bonnet enfoncé sur la tête, Tom semble plein d'avenir. Moi, rabougrie sur ma banquette et hot-dog intact, je suis en sursis.

— Tu te fais encore du souci pour ces deux pimbêches ? me demande-t-il.

— Ce sont mes amies...

— Elles n'ont rien à voir avec toi. Franchement, je ne sais pas ce que tu leur trouves... Elles t'en veulent parce que tu m'as croisé à la montagne sans le leur dire, c'est bien ça ?

— Oui.

— Laisse-les dans leur coin, ne réponds pas, ne leur donne pas le plaisir d'avoir peur.

« Ne leur donne pas le plaisir d'avoir peur. » Une phrase pareille, c'est de la poésie de ma mère ou pas ? Ce qui me chiffonne, c'est de me disputer avec mes amies pour un garçon dont je n'ai rien à faire. C'est vrai quoi ! Tom est sympa, il adore les doubles spatules de mon père, il m'a offert un Coca et on part skier tous les deux, mais franchement, on n'était même pas copains avant les vacances. Camélia me dit qu'il m'aime, mais même si c'était vrai, ce n'est pas réciproque. Et pourtant je viens encore de me *chuter,* au lieu de refuser la descente à ski. Je suis même montée dans ma chambre demander à mon père si je pouvais aller skier avec Tom. Il m'a répondu « Très bonne idée » d'une voix blanche et ensommeillée. Camélia n'a rien dit. Je me suis demandé si elle était toujours vivante. Ou peut-être que c'est moi qui étais morte. Papa est allé dans la salle de bains et Camélia a ressuscité. Elle m'a fait un grand sourire et un clin d'œil :

— Ton père n'arrête pas de m'engueuler parce que j'ai un rhume et qu'il l'a attrapé ! Alors je fais semblant de dormir pour qu'il se taise. Un petit mensonge, c'est pas mal parfois... Et puis je m'invente un truc à l'intérieur, dans ma tête, un copain sympa genre ton père mais en cool...

Mon cerveau a fait tilt. J'ai trouvé l'idée du mensonge mental, carrément idéal. Je me suis demandé si moi aussi je pouvais décider d'habiter dans ma tête quand autour on me cherche trop de noises.

À l'époque de mon « petit problème », je le faisais souvent, sans savoir que ça portait le nom de « monde intérieur ». Un jour, j'ai demandé à maman si elle était complètement bouchée elle aussi, et à quel âge c'était venu. Comme les règles ? Avant ? Elle n'a pas compris, et comme je la sais sincère, c'est là que j'ai pigé que j'étais en train de devenir sourde. Papa a arrêté de croire que je faisais la sourde oreille par impertinence.

Tom et moi avons pris le télésiège sans difficulté, ce qui m'a changé des descentes avec Michel-Patrick qui peut s'impatienter quand je traîne ou de celles avec papa qui beugle si je force le portillon en voulant prendre de l'avance. J'ai si peur d'être en retard et de me faire crier dessus ! Je n'ai jamais rien compris au moment où il faut glisser vers son télésiège, alors je vais à l'instinct et souvent à l'aveugle. Là, je suis tellement en colère que je me sens portée. J'ai si peur de ce qui m'attend au collège que je suis carrément partante pour me casser une jambe et ne plus y retourner. La glissade vers ce siège volant me semble soudain assez logique et naturelle. Idem pour la balade dans le ciel. J'ai l'impression que mon vertige est un vieux souvenir. Sur les conseils de Camélia, j'ai volontairement laissé mon téléphone dans la chambre. Parfois je regrette. Je l'entends quand même vibrer, et j'ai peur des messages qui m'attendent en rentrant. Tom, lui, a complètement oublié ce qui me tracasse, il me montre les pistes qu'il a déjà dévalées et celles qu'il descendra demain, puisque avec moi il a la gentillesse d'en emprunter de plus faciles. La descente du télésiège se fait aussi simplement que la montée. Et je trouve mon dérapage tout à fait exceptionnel. Première piste : le soleil repousse les nuages, et tout me semble soudain super super super cool. « Cool » est un mot de Camélia mais là, il est très adapté. On redescend la même piste plusieurs fois, on parle des profs, des soirées à venir, je me déride, je me décoince peut-être, parce que je sens approcher l'heure où je vais me casser le péroné. Au bout de deux heures de ski, je ne me suis pas *chutée* une seule seconde. Ce soir, il y a à nouveau soirée karaoké à l'Herminôtel, et je demande à Tom s'il y sera. Dans ma tête, je viens de préparer un seul SMS commun à mes deux copines, et depuis je respire mieux. Je me sens même bien. Il s'adresse à Romane et à Violetta en même temps. Une idée de génie. Enfin de moi.

Le soleil baisse. Il faut que je rentre sinon mon père va appeler les chasseurs alpins. Je n'ai jamais autant aimé skier. Le sport défoule en fait ! Je suis satisfaite de revenir avec mes deux jambes. Tom a regagné le Foyer du ski. J'ai déchaussé sans souffler. J'arrive dans la chambre. Camélia est déjà prête pour le karaoké et papa a l'air moins jaune. On dirait que tout va mieux dans cette famille. Je me précipite sur mon portable, je ne regarde même pas si j'ai reçu de nouveaux SMS et j'envoie : « Chères Romane et Violetta, j'ai bien reçu vos SMS. Juste pour vous dire que Tom est bien dans ma station de ski. Si vous avez un message à lui faire passer, dites-moi. Je le croise peu mais ce soir, peut-être qu'il sera au karaoké de mon hôtel. N'hésitez pas, gros bisous, j'ai hâte de vous revoir. Je suis tombée grave amoureuse de quelqu'un. Je vous raconterai. Il est +++. Il s'appelle Franz (allemand). »

Mon SMS est à peine parti que je reçois deux réponses :

« Tu l'as embrassé ? »

« Il t'a embrassée ? »

Je vais prendre mon bain. Est-ce possible qu'un jour les vannes s'ouvrent et qu'on arrête définitivement d'avoir peur ? Que m'arrive-t-il ? La colère est un bon moteur finalement.

Tom débarque alors que nous sommes encore à table avec papa et Camélia. Le voir ne m'agace pas. Je suis même contente. Camélia, sans doute intriguée par mon air détendu, croit peut-être que les sentiments se sont emparés de mon être. Elle fait fausse route ! Je ne me suis jamais sentie aussi bien que depuis que je suis amoureuse de Franz. Mon beau Franz, blond comme les blés, aux cheveux sans gel, aux yeux verts et aux skis paraboliques normaux. Qui parle un peu français mais pas trop. Je suis en train de vivre exactement ce que vivent mes copines : je tombe amoureuse. Il a une parka kaki, un pantalon de ski noir, des lunettes avec des verres miroir et un léger handicap : il lui manque un doigt. Avec de tels détails, je me dis que mes copines me croiront. Quelle jeune fille inventerait un handicap même léger à son amoureux qui se doit d'être parfait pour que les autres l'envient ? J'adore mon Franz factice à neuf doigts. Il faut juste que je trouve comment le dixième est tombé. Et que je définisse s'il s'agit de l'auriculaire ou de l'index.

Et puis j'ai un copain, Tom, très bon skieur, avec qui je passe des vacances d'hiver agréables et qui m'agace parfois en me donnant la main. Je la refuse.

J'ai le droit de dire non. Même pour traverser la foule de la piste et me rendre au pied du micro du karaoké où Camélia chante avec une voix de canard, je la refuse.

CHAPITRE 12

Franz m'a bien aidée à profiter du début de la soirée. Mon téléphone a vibré : c'était Violetta. « T'es avec Tom ? » Je ne me suis pas départie de mon calme et j'ai répondu : « Je suis avec Franz mais Tom n'est pas loin si tu as un message à lui faire passer. Je te laisse, Franz déteste que je sois sur mon mobile quand il est là ! »

Trop fière d'avoir pensé à ce terme de « mobile », et persuadée que Violetta l'assimilerait à un mot de Franz, j'ai attendu la suite. C'est Romane qui m'a envoyé : « Tu peux dire à Tom de m'appeler s'il te plaît ? » Certaine que Violetta et Romane passaient la soirée ensemble, chez l'une ou chez l'autre, j'ai attendu quelques minutes avant de répondre : « Salut, je suis avec Franz et j'ai pas trop de temps mais dès que je vois Tom, je lui transmets ton message, ciao. »

En fait, dans la vie, il suffit de s'armer d'un ou deux mensonges, c'est encore Camélia qui a raison. Le mensonge pratique, à portée de voix, et un faux fiancé à l'intérieur de son crâne : en avant ! La vie n'est pas si compliquée !

Tom a l'air vraiment agacé. Il discute avec Barnabé en me regardant. Parlent-ils de moi ? Je m'approche d'eux, mon portable à la main, et je préviens Tom qu'il doit rappeler Romane et Violetta. C'est urgent. La colère éclate dans ses yeux...

— Je me fiche de Romane et de Violetta ! Lâche-moi avec ces deux cruches et dis-leur d'aller se faire voir !

Mon Franz intérieur a dû s'endormir car une grande brûlure me traverse. Peut-être qu'en général il me défend, mais là je me sens atteinte. Je vérifie que mes cheveux sont bien plaqués sur mes oreilles. Je recule, je me retourne, je repars vers Bianca puis je bifurque vers Léocadie qui, coincée entre ses parents, m'adresse des petits signes sympas que je prends soin d'ignorer depuis tout à l'heure. Sa mère la pousse dans le dos pour qu'elle aille vers moi. Comme quoi, ils ne sont pas si méchants ses parents.

Elle me résume le cours de ski de l'après-midi, elle dit qu'elle rêverait de changer d'horaire pour y être le matin, avec moi, mais le matin, elle va à la piscine avec sa mère pendant que son père cherche du travail dans la station. Ils comptent déménager à Aussois pour toujours. Sa mère n'est pas tellement d'accord mais elle a accepté l'idée parce que son père déprime complètement quand il est en ville, il a besoin de vivre à la montagne. Léocadie, elle, préfère la mer, et sa mère préfère la campagne, et je me demande si elle va me parler des goûts de ses grands-parents ou s'en tenir là. Elle a un côté « moi » quand j'avais mon « petit problème ». Elle veut à tout prix entrer en contact mais ça rame. Alors elle me touche. On s'écrira peut-être une lettre à la fin des vacances, mais pas beaucoup plus, donc je n'ai pas besoin de connaître toute sa vie, d'autant que nous, on change de station à chaque fois parce que papa n'est jamais content. L'année prochaine, ce ne sera certainement pas Aussois. Sans doute que je ne reverrai jamais Léocadie.

Mais bon, c'est toujours mieux d'avoir l'air occupée à parler avec quelqu'un, plutôt que de me retrouver seule. Léocadie semble contente de se vider. On dirait qu'elle a retenu beaucoup trop de sentiments pendant ces vacances et elle se confie, encore et encore.

J'apprends qu'elle a des cousins américains et heureux. Elle parle d'eux comme s'ils avaient tout compris à la vie, et me décrit leur maison qui ressemble carrément à celle de Céline Dion, sauf qu'il n'y a qu'une seule piscine, hélas de la taille d'une baignoire. Elle ne les connaît pas, elle n'a vu que des photos, mais un jour ils vont l'accueillir comme une correspondante française. La cousine de son âge, Martha (prononcez « Marça »), fait du handball et Léocadie prononce « end-bôle ». Chez eux, on rit surtout le dimanche car on est tous ensemble. On mange des cookies-pépites. On joue aux cartes. Aux dés. Aux éponges. Aux éponges ?

— Oui, me répond Léocadie. Aux éponges. Enfin je crois.

Elle doute d'elle-même. Elle a sûrement mal compris mais je ne suis pas du genre à me moquer. Franz n'apprécierait pas ! Et je n'ai rien oublié de mon passé de bouchée.

Tom ne regarde pas du tout vers moi. L'ai-je énervé à ce point ? Je continue à écouter Léocadie mais je me sens assez mal. Bianca et Sybille, qui semblent ne former qu'une personne parce qu'elles portent la même jupe-jupon en tulle noir et évoluent collées l'une à l'autre, s'approchent de moi.

— Tom te fait la tête ? me demandent-elles d'une seule voix.

— On peut faire quelque chose ? propose Bianca qui a l'air aussi franche qu'un âne qui recule.

Ce n'est pas nécessaire puisque Tom nous rejoint. Il n'est plus fâché, mais embêté. Son regard est moins en colère mais sonde le mien. Il veut comprendre quelque chose, mais quoi ?

Je ne vais pas demander à Camélia d'interpréter les pupilles de Tom, donc j'attendrai qu'il s'exprime. Mon téléphone vibre encore, je lis le message de Romane : « Dis à Tom que c'est vraiment pas cool s'il ne m'envoie pas de message, mais dis-le comme si ça venait de toi. » Tom me regarde. Il devine que ce message vient forcément d'une des deux. Je ne bronche pas. Je me suis fait envoyer sur les roses une fois, je me *chut* et baisse le nez. Alors Tom se rapproche, il me dit :

— Désolé pour tout à l'heure, Suzine. Mais elles m'énervent les deux là ! Tu veux qu'on aille dehors ?

Je n'ai pas le temps de répondre qu'il attrape déjà son blouson et me le met sur les épaules. Franz a beau me tirer par les cheveux pour que je reste dedans avec lui, la gentillesse de Tom m'entraîne dehors et je me retrouve en moins de deux sur la terrasse de l'Herminôtel avec des étoiles sur la tête. C'est lui qui parle.

— Désolé, Suzine, vraiment, je n'aurais pas dû m'énerver. Je ne supporte pas de savoir que Romane et Violetta te parlent mal. Elles te harcèlent en plus, je me trompe ?

— C'est pas vraiment du harcèlement...

— Tu es trop gentille... On s'assoit ?

Tom m'indique deux chaises longues. Et me voilà assise avec lui sous le ciel étoilé. J'espère qu'une chaîne de télé de la Lune n'est pas en train de me filmer sur la Terre parce que si mes deux amies tombent un jour sur ces images, je suis morte.

— Je fais un dîner samedi prochain, la semaine de la rentrée, tu viendras ? me demande Tom.

Un dîner ? Un vrai dîner avec des chaises et des assiettes ? Ça y est, c'est fini les soirées pyjama ? Quand ma mère l'apprendra...

— Je vais inviter plein de monde, poursuit Tom. Et ne t'inquiète pas, il y aura Romane et Violetta. Je peux compter sur toi ?

— Samedi, tu dis ? Je ne peux pas, désolée, j'ai un mariage. Une autre fois, avec plaisir...

Je ne sais pas si Tom me croit. Mais moi, je ne suis pas prête pour ce dîner. Le seul moyen de me réconcilier avec mes copines, c'est justement de ne pas être invitée à ce dîner. Si elles ont un seul soupçon sur mes vacances, si elles doutent de moi quand je leur dis que Tom et moi nous sommes à peine croisés, au moins elles seront rassurées. Et puis avec ma conversation légendaire, c'est pas gagné les dîners. Je suis encore trop timide. Ça va pas me suffire, une semaine, pour être grande à ce point-là.

La conversation sur chaise longue est interrompue par mon père sans doubles spatules qui a eu la même idée que Tom : le romantisme. Il enlace Camélia sans nous voir. Ils sont à quelques mètres, debout sur la terrasse et près de la balustrade. On se ratatine dans nos chaises longues en rigolant. Je n'ai aucune envie que mon père me voie. Il va croire je ne sais quoi, ou blaguer. Camélia va faire la discrète, rabattre papa à l'intérieur et nous laisser tranquilles. Ce sera pire.

Juste derrière Tom, il y a une pile de couvertures en polaire mises à la disposition des clients. Il m'en lance une sur la tête et je me recouvre. Lui, pareil. Je ressors le nez et je vois Tom, caché lui aussi, avec juste un œil qui dépasse. Je commence à comprendre ce qui peut plaire aux filles. Tom regarde vraiment droit, ni par en dessous ni par au-dessus ni en biais. Il regarde comme on vise. Je suis trop jeune pour en être tout à fait sûre mais je pense que c'est une attitude masculine qui va faire des ravages. À un moment, Tom explose de rire et mon père se retourne. Il sourit en nous découvrant. Camélia s'esclaffe qu'on va prendre froid sur ces chaises détrempées. On n'avait pas remarqué. En fait, c'est pas mal, d'être encore pris pour deux enfants. Ils nous envoient au chaud, à l'intérieur. La porte se referme derrière nous. Mes cheveux se soulèvent légèrement à cause du souffle du chauffage mais je n'y prête pas attention. Une dernière bonne soirée m'attend. En avant !

CHAPITRE 13

Quand j'ai annoncé à ma mère que j'étais invitée à un dîner chez Tom le samedi suivant mais que je n'irais pas, j'ai cru qu'elle allait s'étrangler avec le poulet qu'elle me prépare toujours quand je rentre de vacances avec papa. Elle me sert un pilon, puis un deuxième, je refuse mais elle insiste, puis elle prend pour elle ce qu'elle aime le moins, le blanc, en me jurant qu'elle le trouve délicieux et pas sec du tout parce qu'elle se prive avec bonheur quand c'est pour mon plaisir.

— Il faut absolument que tu ailles dîner chez ton copain, me dit ma mère. Tu dois mener ta vie de jeune fille. Je t'en supplie, ma Suzine, ne t'interdis pas de sortir pour rester avec moi un samedi soir ! En plus, ça tombe très bien, j'ai chorale samedi prochain.

Ce n'est absolument pas pour rester avec ma mère que je ne sors pas. C'est pour moi : je n'ai pas envie de me rendre à ce dîner. C'est stratégique. C'est volontaire. Mais la compréhension de ma mère à propos de la situation est tout autre.

— Je t'assure, insiste-t-elle, sors, j'ai prévu d'aller chanter avec des amis jusqu'au moins minuit... Va à se dîner et je passerai te chercher en rentrant de ma chorale.

Chanter avec des amis un samedi soir jusqu'à minuit ? Alors que sa chorale est le mardi soir ? Ma mère me prend pour une bille ou quoi ?

Elle ignore qu'au retour de la montagne, j'ai croisé Viviant qui jaillissait de notre immeuble. Viviant, le garagiste, à qui papa a adressé un joyeux coup de klaxon, précisant à Camélia : « Regarde, Cam', c'est Viviant, le garagiste qui a sauvé ma courroie de transmission, tu te rappelles ?! » Papa a ensuite pointé son doigt en direction du garage, à l'angle de la rue Nobel, mais, à aucun moment, il ne s'est étonné que Viviant sorte de mon immeuble. Je me suis *chutée*. Mais j'ai su immédiatement qu'il y avait quelque chose de pas net, ou de trop net, entre maman et lui. Sûrement mon flair légendaire... Papa a poursuivi sur sa lancée, faisant le panégyrique de Viviant, un type tellement sympa, marrant, efficace et si peu escroc pour un garagiste. Camélia est intervenue :

— Heureusement qu'il ne s'appelle pas Viviane sinon je serais jalouse ! Mais arrête, je t'en prie, de juger les gens par catégorie...

Nous sommes descendus de voiture. Papa a ouvert le coffre et il a sorti ma valise sans la brutaliser en évitant de pester comme à l'aller à propos de la grande taille de mon bagage. Ses skis bispatules perchés sur le toit, il s'est félicité de pouvoir ouvrir le coffre sans que tout se casse la figure. J'ai sonné à l'interphone et maman a mal contenu un joyeux « Je descendddddsssss ma Suzzzz ! ». Mes retours ont sur elle un effet fabuleux. Papa s'est rapproché de Camélia, soucieux de lui montrer, même si elle a cessé de jalouser maman il y a bien longtemps, qu'elle lui est précieuse et prioritaire. Camélia s'est tout de même décalée d'un mètre, trouvant lourdingue vis-à-vis de maman de rester ainsi scotchée à papa. Maman m'a sauté dans les bras comme quand j'avais cinq, six, sept, huit ans et plus encore. Camélia a souri devant le spectacle de l'effusion, et papa a tapé sur l'épaule de maman comme s'il s'agissait d'un vieux pote. Comme à chaque retour de vacances, il lui a répété :

« Suz' te racontera tout en détail, mais c'était vraiment super », et je me suis montrée extrêmement mignonne en opinant du chef. Puis Camélia et lui se sont engouffrés dans la voiture, et maman et moi dans notre immeuble.

J'ai trouvé sur mon lit des petites offrandes. Chaque fois que je pars, ma mère ne peut s'empêcher de préparer pour moi une célébration de retour. Articles de journaux susceptibles de m'intéresser, échantillons de parfum, savonnettes colorées, livre, Bic bleu, Bic noir, Bic rose... Chaque jour, elle écrit à sa manière sur mon lit qu'elle pense à moi. Un poème accompagne ses cadeaux. Elle me regarde me précipiter vers mon lit, parce que je sais que je vais y trouver des surprises et que j'espère toujours ce monceau d'offrandes, puis elle me contemple ouvrant les petits paquets. Elle en oublie de poser des questions sur le séjour. Après, elle se reproche de ne pas m'avoir parlé des vacances, et c'est là que je fais l'ado-peste en racontant tout du bout des lèvres et en limitant les informations.

— J'ai dit à mes amis que j'avais un mariage, donc je ne peux pas aller à ce dîner. Mais je resterai à la maison, t'inquiète pas, m'man.

— À la maison ? Mais pourquoi un mariage ? Pourquoi as-tu menti ? insiste-t-elle.

Si je lui explique la colère de mes copines, mes petits aménagements avec la vérité, mon problème avec Tom, elle va tout prendre trop à cœur et, à terme, m'empêcher de penser par moi-même, ou plutôt – ce qui revient au même – penser à ma place. Or je suis sûre de moi. Demain, lundi, jour de rentrée des classes, je dirai à mes amis que j'ai un mariage le week-end suivant et j'ajouterai que Franz m'y rejoint. Je laisserai à Romane et à Violetta la joie de me dire qu'elles sont invitées par Tom. En retour, je leur expliquerai que je ne le suis pas. Elles tiendront ainsi la preuve que Tom n'en a rien à faire de moi et je regagnerai peut-être mes copines.

Je me carapate dans ma chambre pour que ma mère cesse de me questionner. J'aime mieux en rester là.

— Téléphone ! C'est pour toi, Suzine ! me crie soudain maman.

Sûrement Mamita, me dis-je. La seule à ne pas avoir intégré que j'ai un portable. Du coup, je sors de ma chambre, j'attrape le combiné, et, avec ma voix de bébé qu'elle aime tant, je lâche :

— Mamiiiittaaa ! Je suis désolée, je ne t'ai pas appelée d'Aussois mais j'ai skié tout le temps et papa me gronde dès que je sors mon téléphone... C'était super bien mais maman m'a manqué, et toi aussi Mamita, tu m'as tellement manqué ! Comment va Izon ?

— Heu... Salut Suzine, c'est Tom.

— Ah. Salut Tom. Izon, c'est le chien. Le chien de ma grand-mère.

Pas grave ! Te *chut* pas Suzine, c'est rien d'être ridicule, reste fière, tu as bien amorcé, tu as raison, Izon c'est le chien ! Je ne panique pas mais je croyais parler avec une voix d'andouille à ma grand-mère et je parle avec une voix d'andouille à mon copain de sports d'hiver et à un futur non-pote dans le préau. Pas question que demain il me parle !

— Je ne savais pas que tu avais un chien, reprend Tom.

— Il est à ma grand-mère, lui dis-je.

— Je ne savais pas que tu avais une grand-mère...

— J'en ai même deux.

Un grand silence. Blanc comme neige, dirait maman dans un jour faste de poésie. Mais Tom reprend :

— Je voulais te demander, Suzine... Si je déplace mon dîner à vendredi, tu pourras venir ? Je sais que tu as un mariage samedi, mais vendredi ?

— Désolée, non, on part vendredi, le mariage est à Metz.

— Mais alors je peux peut-être organiser mon dîner la semaine d'après, c'est trop dommage que tu ne puisses pas venir...

— La semaine d'après, je serai chez mon père. Comme je n'y vais qu'un week-end sur deux, généralement je ne sors pas chez des amis quand je suis chez lui...

Une chose est sûre : quand je décide de mentir, je roule sur des rails. Tom a l'air dépité. Il me demande si dans deux semaines, ça ferait l'affaire, mais quand je m'apprête à dire que j'ai un deuxième mariage, il ne me laisse pas le temps de mentir. Il me lance :

— Bon, Suzine, arrête ton cirque... C'est à cause de Romane et de Violetta que tu refuses de venir à mon dîner ? Tu as peur qu'elles t'en veuillent ? Elles te font peur, c'est ça ?

— Peur ? Moi ? Non, pas du tout. J'ai juste une vie en dehors du collège...

— Mais hier soir, on était bien tous les deux sur les chaises longues, non ?

— Super bien ! Désolée, il faut que je te laisse parce que ma mère m'appelle pour dîner...
— OK Suzine, à demain alors...

Ma mère a entendu la fin de la conversation.
— Je suis navrée, ma Suzine, me dit-elle, mais les poulets à trois pilons, ça n'existe pas. Je crois qu'on a déjà dîné. Tu as encore faim ?

CHAPITRE 14

Le préau. Rien n'a bougé pendant les vacances. Les piliers verts et rouges sont toujours plantés là, censés égayer la cour grise. Au fond du préau, il y a des fenêtres qui donnent sur les lavabos dont le principal a retiré les miroirs : il trouve qu'on se regarde trop. Il veut nous détourner de notre apparence. Mais moi, quand je débarque dans la cour, j'ai un miroir intégré qui me prévient que j'ai la gueule de travers. Le visage, pardon maman. Mais la gueule quand même. En plus, il devait faire trop chaud dans ma chambre, ou bien j'ai dormi avec la tête sous ma couette et je suis toute bouffie. Mon cheveu se révolte contre l'humidité, il est plat et rebique en frisottant quand je le descends sur mes oreilles. Je ne ressemble à rien ce matin et j'ai surtout l'œil pas net de quelqu'un qui a quelque chose à se reprocher. Romane est déjà là.

Elle a dû repérer mon air en biais parce qu'elle me fonce dessus. Dans ma tête, je me répète « Franz-mariage-cool-tout va bien – Tom ? Montagne ? – Ah ouais-juste croisé rapidos ».

— Salut Suz ! me dit Romane en s'approchant au pas de course. Tu vas bien ? C'était chouette tes vacances ? Moi c'était super ! J'ai passé plein de temps avec Violetta et on a déliré. Et toi ? Tu as skié ? Tu as vu Tom donc ?

Je me demande pourquoi elle s'impose cette longue entrée en matière puisque la seule réponse qui l'intéresse vraiment est celle à la dernière question.

— Tom ? lui dis-je mollement, entraînement oblige.

En effet, j'ai passé une bonne partie de mon endormissement de la veille à ne pas réviser mes tables de multiplication comme ma mère me l'avait recommandé mais à répéter mon air naturel, celui que j'affecte maintenant devant Romane qui l'encaisse avec tant de souplesse que je me dis qu'elle s'est entraînée elle aussi.

— Oui, Tom, tu l'as vu au ski, c'est bien ça ? demande-t-elle.

— Croisé, oui. Plein de fois. Sur les pistes. À l'hôtel. Au restau d'altitude. Si tu veux savoir... Il était tout le temps avec des amis, trois je crois.

— Des filles ?

— Deux filles, un garçon. Enfin je n'ai pas trop fait gaffe.

— Deux filles ? Comment elles étaient ?

— C'était juste des copines.

— Comment tu le sais ? insiste Romane.

C'est un interrogatoire en bonne et due forme qui ne va pas s'arrêter là puisque Violetta vient d'arriver. Encore quatre minutes avant la sonnerie, quatre minutes où je dois tenir, devant mes deux bourreaux. J'opte pour Franz, concentration maximale vers mon beau blond qui n'existe pas, et juste avant que Violetta arrive à notre hauteur, je lance le sujet :

— En tout cas, moi, je crois que je suis amoureuse.

— Toi ? demande Violetta qui est bien là cette fois.

— Oui. Très très amoureuse. De Franz.

— Il a quel âge ? demande Romane.

— Quinze, dis-je, toujours naturelle.

Violetta s'apprête à s'enthousiasmer mais avant cela, elle a quelque chose à me demander :

— Raconte-nous d'abord, tu as vu Tom ? Il skiait ? Il était seul ? Vous avez skié ensemble ?

Surtout, ne pas hésiter à avoir l'air nulle, me dis-je. Oui, ne pas hésiter à répondre :

— En fait, je suis archi nulle à ski. Alors je l'ai croisé, mais il skie bien et moi, le ski, c'est pas trop mon truc... J'ai surtout skié avec Franz...

— Mais Tom t'a dit des choses ? Des choses sur nous ? Sur moi ?

— Des choses ? Quel genre de choses ?

— Sur moi, dit Romane, ou sur Violetta...

— Non, on n'a pas parlé du bahut, ni de rien d'ailleurs, juste un peu la météo je crois.

— Salut les filles ! dit une voix qui me tape sur l'épaule en même temps.

— Tom ! s'esclaffent Romane et Violetta d'une seule voix.

Dring ! La sonnerie nous donne le rythme et on court vers notre classe. Moi en tête. Surtout, vite, que la main de Tom dégage de mon épaule ! Manque de chance, le lundi matin nous avons cours tous ensemble. Mes amies vont croire que je les fuis, mais si je traîne, je vais me faire réprimander par Mme Sauvin, la prof de français. Quand j'accélère, Tom accélère. Quand je ralentis, Tom fait de même. Romane et Violetta sont aux aguets. Je ne sais pas où ils en sont ensemble, mais aux dernières nouvelles Tom était avec Violetta. Là, il n'a pas l'air de s'en souvenir.

— On se parle à midi, me marmonne-t-il.

Et je me *chut.*

Il s'éloigne de nous et Romane me demande :

— Qu'est-ce qu'il t'a dit ?

— Qui ?

— Tom.

— Tom ?

— Oui.

— Rien. Et à toi ?

Romane me regarde de travers mais a priori j'ai le bon air : andouille innocente. Et la preuve : dans la classe, je retrouve ma place de choix entre mes deux copines, Romane et Violetta.

Le conflit est-il enterré ? En tout cas, elles se détendent. Elles ne me rejettent plus et, pendant que Mme Sauvin cherche dans sa mallette les papiers qu'elle a oubliés dans la salle des profs, Violetta m'explique tout un tas de choses : en fait, Tom et elle c'est complètement fini, et c'est aussi fini avec Romane qui est tombée amoureuse de Kaÿs. Si elles veulent à tout prix reparler à Tom et s'en faire un ami, c'est parce qu'il joue au foot et leur donne ainsi accès aux matchs où Kaÿs joue lui aussi. Et, dingue ! Il va y avoir l'élection de la Miss Crampon du club pour laquelle les deux comptent bien concourir.

— C'est un événement primordial dans la vie d'une jeune femme, précise Romane qui a soudain l'air d'avoir quarante-cinq ans.

Il se trouve que Kaÿs a un meilleur ami, Mike, qui est censé devenir l'amoureux de Violetta. Moi, à part la ramener avec mon Franz inventé, je ne peux rien ajouter. Juste me réjouir que Tom ne soit plus une affaire de discorde entre mes amies et moi.

Toutefois, une question me chatouille la langue. Pourquoi suis-je à ce point dépendante de mes deux amies ? Qu'est-ce qui m'empêche de leur dire que leurs messages agressifs m'ont blessée ? Je me sens toute reconstituée, assise près de mes deux copines. Je n'ai pas envie que certaines choses changent. Je sais que l'adolescence me bouscule, qu'elle bouscule aussi mes amies, mais je veux croire que tout ce qu'on se raconte ne peut pas soudain s'arrêter. Je veux croire qu'on se déclare pour de vrai que rien n'est faux quand on se dit Je t'aime ma Romane, t'es trop belle ma Suz' ou j'te kiffe ma Violetta.

Je pense à Franz. Je sais qu'un jour je le rencontrerai. Il ne ressemblera ni à Mike ni à Kaÿs, mais si on se dit qu'on s'aime, ça sera vrai.

CHAPITRE 15

Tom m'a coincée après le cours de français pour recommencer avec son dîner. Je vais finir par le trouver collant. C'est donc ça, un amoureux ? Pourtant, je doute qu'il le soit encore. Romane l'a vu parler avec Fleur. Je dois cependant lui reconnaître une qualité. Il est dragueur mais perspicace puisqu'il sait très bien que je n'ai pas de mariage samedi. Je raconte des balivernes, et il insiste : je dois absolument venir à son dîner et me ficher de la réaction de mes copines. J'avais tellement peur que Romane et Violetta me voient en train de lui parler que je l'ai bousculé pour passer quand même. Du coup, il m'a attrapée par la main. C'était chaud. Situation délicate. J'ai arraché ma main en lui promettant de l'appeler plus tard. Par chance, Violetta se recoiffait en se regardant dans son portable et Romane hésitait entre deux largeurs de revers pour son jean, du coup elles n'ont rien remarqué de notre conciliabule.

À midi, on déjeune toujours toutes les trois à la cantine, sauf le lundi où on va chez Romane et le vendredi, chez moi. Chez Romane, il y a Alexis, son frère jumeau, généralement avec un ou deux copains, mais comme ils sont désagréables, on les évite. Parfois, ils sont gentils, et parfois ils nous imitent. On a tendance à manger nos sandwichs enfermées dans la chambre de Romane et à sortir toutes les trois quand on veut aller aux toilettes. Un jour où j'y suis allée seule, ils se sont fichus de moi en imitant ma démarche et j'ai trouvé ça carrément vache. Je l'ai répété à Romane qui m'a promis qu'elle sermonnerait son frère, mais à mon avis elle n'a sermonné personne. Elle a bien trop peur de lui pour me défendre. Elle a assez à défendre avec elle-même. La pauvre m'a expliqué que le petit jeu favori de son frère est de lui jeter un par un les pions de son solitaire en bois. Elle ne le dit pas à ses parents parce qu'elle a peur que rapporter lui vaille des ennuis supplémentaires. Son frère serait capable de balancer sa palette de maquillage. Et adieu Miss Crampon !

Mon sandwich laitue-œuf-mayonnaise planté dans la bouche, je me sens si soulagée d'être avec mes amies alors que ce matin j'avais prévenu ma mère qu'à tous les coups je rentrerais déjeuner seule. Romane et Violetta me posent des questions sur Franz. Vite, je récupère le souvenir précis de mon amoureux blond aux yeux verts dans mon imaginaire et j'en fais de la matière réelle. S'il faut mentir pour être ici, je mentirai. Je vais finir par me demander si je ne connais pas ce garçon pour de vrai.

— Franz fait beaucoup plus vieux que son âge, dis-je en prenant soin de mâcher en parlant.

C'est comme si la nourriture qui gonfle mes joues me protégeait de leurs regards.

— T'as une photo ? me demande Violetta.

— Oui, montre-le-nous ! exulte Romane.

— J'en ai une chez moi...

— Pas dans ton portable ?

— Non, mais il m'a donné une photo d'identité...

— Tu veux dire que tu n'as pas fait un seul selfie de vous deux ?

Avec moi, c'est de plus en plus simple, soit je me *chut*, soit je mens. Cette fois en tout cas, c'est décidé, je ne me *chut* pas.

— Non, je crois que je n'y ai même pas pensé tellement j'étais bien. J'ai plein de photos de lui dans mes yeux. On se prenait la main au coucher de soleil, on s'est embrassés pour la première fois sur un tire-fesses...

— Un tire-fesses, t'es sûre ?

Oups, je viens de me rendre compte que j'ai dit une ânerie. En effet, le tire-fesses, autrement appelé « remontée mécanique », est un moyen de locomotion que l'on emprunte généralement seul, l'un derrière l'autre, et chacun son tour. Je skie comme une patate mais je sais au moins ça.

— Oui, dis-je, résolue à transformer mon mensonge en vérité... En fait, Franz surfait et il m'est rentré dedans alors que j'étais sur le tire-fesses. Je me suis accrochée à lui de peur d'être éjectée et on s'est embrassés.

— Tu ne l'avais jamais vu avant de l'embrasser ? s'offusque Romane.

— Si, bien sûr ! On était partis skier ensemble et moi je remontais la pente pendant qu'il la descendait. Il avait pas mal d'avance sur moi parce qu'il skie comme un pro... et donc, logique, on se croisait. Alors à un moment il m'a volé ce baiser...

— Volé ? Mais tu étais d'accord ! s'esclaffe Violetta.

— Bien sûr ! dis-je, mettant une gaieté folle dans mon visage et agitant mes souvenirs.

On frappe à la porte de la chambre. C'est Alexis qui nous apporte des chips, accompagné de Paul, un de ses copains. Je n'en ai jamais vu un d'aussi près. Généralement, ses copains sont des ombres moqueuses filant derrière les cloisons. Si je le regarde trop, je risque d'avoir des bleus aux yeux tellement il est percutant. Franchement, les garçons ne m'intéressent pas mais celui-ci est grand, beau, gentil. On dirait Franz, en brun... Ils restent plantés dans la chambre. Violetta me regarde, elle se méfie d'eux. Elle pense sûrement la même chose que moi : ils sont venus là pour écouter nos histoires et s'en moquer après.

Romane aborde alors le dîner de Tom, sans doute pour montrer à son frère que, toutes filles que nous sommes, nous participons nous aussi à de vraies soirées d'adultes. Ils viennent de se vanter d'aller régulièrement à des soirées au club de foot.

— Au fait, tu t'habilleras comment ? me demande-t-elle.

— Je ne suis pas invitée, lui dis-je, tellement heureuse de pouvoir enfin lâcher l'information.

— Ah bon ? s'offusque Violetta, Tom ne t'a pas invitée ? Mais pourquoi ? Il a quasiment invité toute la classe... Pourquoi pas toi ?

Le regard de Romane se voile. On dirait pourtant que la lumière vient de tomber sur son cerveau car elle s'écrie :

— Je sais !

— Quoi ? demande Violetta.

— Tom n'a pas invité Suzine parce qu'il est amoureux d'elle. Il est complètement malade ! Après moi, après toi Violetta, il veut Suzine ! Et pour qu'elle tombe bien amoureuse de lui, il fait comme s'il n'en avait rien à faire. Je vous jure que s'il n'était pas au club de foot, je cesserais de lui parler !

Alexis réagit :

— Depuis quand ça t'intéresse, le foot ?

Romane n'a aucune envie de raconter sa vie privée à son frère, alors elle répond qu'elle veut comprendre les règles pour savoir si ça la tente comme sport pour l'année prochaine.

Paul me regarde. Depuis que j'ai dit que Tom ne m'avait pas invitée, on dirait que je l'intéresse. Il n'est pas comme les autres amis, ceux qui d'habitude se moquent de moi. Il a l'air concerné par ce qu'on dit. Et par mes *chut*. À un moment, il me tape dans la main en me disant : « Samedi, 15 heures, je serai devant l'entrée du club. Avec toi, Alexis, n'est-ce pas ? » Alexis approuve, tend la main à sa sœur, tope là ! Romane et Violetta se joignent au hug. Et j'en oublie que je suis censée être de mariage samedi prochain.

— Mais toi, tu ne seras pas là, me dit Romane, tu as un mariage, non ?

CHAPITRE 16

« Ma Suzine, la vie est vérité, tiens-toi droite dans le vrai. » Parfois, des vers de ma mère reviennent percuter mon quotidien. Cachée dans ma chambre, rideaux tirés, humeur en berne, j'ai regardé le samedi s'écouler. Ma mère vient de partir à sa chorale – soit-disant –, et je cherche comment faire un selfie de Franz qui n'existe pas et de moi qui existe de moins en moins à ce mariage qui n'a jamais existé. En fait de noces, je viens de passer la journée toute seule. J'ai promis aux copines de leur envoyer la photo de « mon Franz » et je suis bien embêtée. Maintenant que ma mère est sortie, je sors à mon tour, mais seulement dans le couloir. J'ai toujours trouvé l'appartement vide quand elle n'est pas là. Exceptionnellement, aujourd'hui, son absence m'arrange. Je ne sais pas quoi faire de tous mes mensonges et je sais qu'elle les repère trop bien. Elle a laissé sur la table de la cuisine un petit plateau pour mon dîner et des Post-it fléchés jusqu'au frigo. Elle sort rarement, mais, quand cela lui arrive, elle me prépare un vrai souper de gala. J'ose à peine éclairer la cuisine qui donne sur la rue. J'ai bien trop peur que mes amis, passant sous mes fenêtres, ne constatent la présence de quelqu'un dans la maison. Or, je suis censée être avec ma mère à ce fichu mariage. Pendant que cet après-midi mes copines s'amusaient au club de foot et retrouvaient peut-être Kaÿs et Mike, j'étais à la mairie. À présent qu'elles s'habillent pour partir ensemble au dîner de Tom, je devrais être à la soirée de mariage, mais je m'apprête à jouer toute seule à la super chasse au trésor que ma mère a préparée dans la cuisine.

Je suis dégoûtée. Comment ai-je pu être sotte à ce point ? Décidément, quand je ne me *chut* pas, je fais n'importe quoi. Mentir est un art et je ne le possède pas. Ma mère non plus d'ailleurs. Pour se rendre à sa « chorale », elle a mis ses chaussures de fête, sa robe rouge d'été et son sourire détendu. Quand elle m'a dit « J'y vais ma Suz ! » et que la porte a claqué, j'ai regardé par la fenêtre et j'ai vu Viviant, en bas de l'immeuble, qui l'attendait, un bouquet de roses à la main. J'ai pensé le prendre en photo et le faire passer pour Franz mais il a au moins quarante-sept ans. Ma mère lui a sauté dans les bras avant de reculer, de lui saisir la main et de l'entraîner vers le bout de la rue, sûrement inquiète à l'idée que je les repère. Donc ma mère et Viviant, c'est une affaire qui roule. Pourquoi me ment-elle ?

Je viens de découvrir mon assiette de crevettes et de tomates cerises agencées en forme de tête de bonhomme. Ma mère a arrêté de transformer les gâteaux au chocolat en Tchoupi depuis quelques mois mais elle continue à me préparer des assiettes amusantes pour bambin de trois ou quatre ans. Il est 18 h. Je n'ai qu'à dîner. Après, j'ai prévu de me planter devant la télé jusqu'à ce que mort s'ensuive.

Le téléphone sonne. Au secours. Si c'est papa et que je ne réponds pas, il va rappeler sur mon portable. Si c'est maman qui veut de mes nouvelles, elle tentera aussi le portable... mais Mamita ? Pas le moment. Hélas, la sonnerie persiste. Un voisin qui m'avertit qu'un tueur en série sévit dans l'immeuble ? Pourquoi ça sonne si longtemps ? Je suis glacée sur place, assiette à la main. Romane ? Violetta ? Me tendent-elles un piège ? Savent-elles que je mens ? Sont-ils tous là, les invités du dîner de Tom, au pied de mon immeuble, espérant me prendre la main dans le sac, sans Franz, seule et sans mariage ? Enfin la sonnerie cesse. Si c'était Mamita, elle va téléphoner à maman qui va m'appeler aussitôt pour vérifier que tout va bien. Je dirai que je prenais un bain. Le mensonge, toujours le mensonge, décidément je ne peux plus faire sans. Mon portable sonne, c'est TOM. Au secours. En même temps, si je suis à un mariage, il est logique de ne pas lui répondre. Je laisse sonner. Et le téléphone fixe s'y remet. Il sonne en même temps. Au moins, je sais que ce n'est pas Tom.

Je passe en revue les devoirs que j'ai à faire cette semaine. Penser à autre chose. Travailler. M'avancer. Gagner du temps. N'est-ce pas le moment de m'atteler à mon exposé sur le papier ? J'ai eu la riche idée d'écouter mon père qui m'a dit en connaître un rayon et pouvoir m'aider dans la rédaction de ce projet. Sauf que l'exposé est à présenter prochainement, et ma mère ne connaît au papier que les parchemins sur lesquels elle inscrit parfois des vers à la plume. Si je travaille, bien concentrée, est-ce que je n'entendrai plus le téléphone sonner ? Je range ma vaisselle sale et je repars dans ma chambre. Bureau, concentration, je vais faire ça. Mon portable est éteint. Personne n'appelle. Mais j'ai quand même un message qui se rappelle à moi de temps en temps en clignotant. Je l'écoute et après, au boulot. « Suzine, c'est Tom, avant que mon dîner commence je voulais te dire que si tu as des regrets, tu es la bienvenue. Aux autres, tu n'as qu'à dire que ta mère est malade et qu'elle n'a pas pu t'emmener à ce mariage. On t'attend. J'espère que tu viendras. Je t'embrasse. »

J'ai l'impression que Tom ne croit pas à mes mensonges... Il est 18h15. J'ai encore le temps d'appeler Violetta, Romane, et de leur dire que je ne suis pas allée au mariage... Oui mais dans ce cas, pourquoi ne suis-je pas allée avec elles au club de foot cet après-midi ? Elles vont me questionner, ce sera horrible. Je ne dois pas changer d'avis, ni me détourner de mon mensonge. Demain, c'est promis, j'arrête de mentir, mais là, c'est sûr, je suis à ce mariage, point final.

De temps en temps, toutes lumières éteintes, je m'approche de la fenêtre pour regarder vers le bout de la rue et le garage de Viviant. Maman et lui sont-ils au restaurant ou bien chez lui ? C'est drôle, mais la personne à laquelle j'ai envie de parler, pile maintenant, c'est Camélia. J'ai l'impression que je peux lui dire exactement la vérité et ça me soulagerait de le faire. Elle pourrait me conseiller sur la façon de procéder, lundi, les jours suivants, pour tout remettre d'aplomb. Est-ce que je tente ? Est-ce que je tente de me confier à ma belle-mère à laquelle par principe j'ai toujours préféré tirer la langue sans le montrer ?

— Ma Suz' ! s'exclame-t-elle en décrochant son téléphone, comment vas-tu ? Je suis avec ton papa là, on va regarder *The Voice* ! Toi aussi j'espère !

Vraiment, ma belle-mère est complètement bizarre. Elle arrive à infliger à mon père une émission de télé, une émission de variétés, et je ne comprends pas comment c'est possible. Il dit quelque chose derrière elle, et j'entends le mot « torture » que Camélia couvre aussitôt de ses rires. J'ai une question à lui poser et elle pige au quart de tour que sa réponse exige le secret parce qu'elle me répond :

— Ton père bavarde dans mon dos, je change de pièce !

Puis, un ton plus bas, elle me lance :

— C'est bon ma Suz', je suis dans la salle de bains, raconte...

Je déballe alors mes problèmes : l'invitation à dîner de Tom que j'ai refusée pour que mes deux copines ne m'accusent pas d'être devenue amie avec lui dans leur dos, Franz qui est une invention, le mariage qui n'a jamais existé, et lundi, où je préférerais être morte plutôt que d'arriver à l'école sans selfie de Franz et moi.

— Tu dois absolument leur envoyer le selfie ! Vous passez votre temps à vous envoyer des messages les unes aux autres, ça ne tient pas debout d'attendre lundi pour montrer la photo au collège.

— Mais je n'ai aucune photo de lui puisqu'il n'existe pas !

Camélia tire alors de son chapeau une solution miraculeuse :

— Est-ce que tu acceptes que Franz soit moche ?

— C'est-à-dire ? Moche comment ? lui dis-je.

— Moche moche, moche comme mon filleul... Ruben ?

Ruben ! Ah le cauchemar ! Camélia essaie d'être proche de son filleul dont elle est aussi la tante. C'est le fils de son frère, et c'est une brute débile. On l'emmène avec nous parfois et je vis les pires vacances qui soient, surtout quand on dort dans la même chambre et qu'il marche à genoux par terre avant de dormir en m'expliquant qu'il aime bien les sacrifices... Il paraît qu'il n'est pas méchant, mais juste un peu brutal. En tout cas, je ne peux pas le blairer – c'est du moins ce que je raconte à mes copines –, mais mon père me dit que c'est plus gentil vis-à-vis de Camélia qui s'est toujours occupée de moi sans broncher d'accepter ce gosse qu'elle aime bien.

— Ruben ? Tu es sûre que tu n'as pas autre chose ? lui dis-je.

— Suz', j'ai de très belles photos de vous deux en Espagne, l'été dernier… Ça peut le faire ! Fais-moi confiance !

— Oui mais l'Espagne, heu… On était en maillot, il faisait beau… Là, on est censés être à un mariage à Metz en février…

— Je recadre ! Laisse-moi la soirée et je m'occupe de ton selfie, ma Suz' !

Je suis au pied du mur. Alors j'accepte.

— Au fait, tu peux le blondir ? Parce que j'ai dit à mes copines que Franz est blond… Et si tu pouvais aussi lui couper un doigt.

— Comment ? Un doigt ? Je vais faire ce que je peux… Mais parlons de la suite, ma Suz', me dit Camélia. Si tu veux bien, parlons de tes petits mensonges…

CHAPITRE 17

Je devrais m'amuser du mensonge de maman mais je crois qu'il m'agace. Elle chantonne depuis ce matin, et elle a l'audace de me dire que sa chorale était super-super. Super-super ? Comme le plein d'essence ? Je vais finir par la lui sortir, celle-là !

Je n'ai pas dormi de la nuit, déjà parce que papa a bien voulu m'aider sur mon exposé mais à condition que je fasse mes recherches toute seule, ce qui correspond à ne pas m'aider du tout. Puis j'ai entendu maman rentrer à 1h12, se faufiler dans le couloir sans passer m'embrasser. C'est la première fois qu'elle sort sans m'embrasser à son retour. En plus de mon exposé à faire, les mots de Camélia ont hanté ma tête toute la nuit. Elle a dédramatisé mes petits mensonges en les appelant des « arrangements », mais elle m'a montré combien ils m'avaient coincée et on a établi ensemble un plan de bataille pour l'avenir. Il est entendu entre nous qu'elle me fabrique mon selfie et que de mon côté je règle les choses : je raconte à mes amies que c'est fini avec Franz. Je ne passe pas des heures à évoquer un mariage où je ne suis pas allée. Je mets ma mère dans la confidence du mensonge pour qu'elle ne gaffe pas si un jour mes amies lui parlaient de ce mariage. Je dis à Tom que je ne suis pas amoureuse de lui puisque, selon Camélia, il est amoureux de moi. Autant que les choses soient claires. Je restaure un rapport sain avec mes deux copines à condition qu'elles ne me malmènent pas. J'ai accepté le deal. Je sais que Camélia le propose pour mon bien. Mais comme il est difficile d'accepter de ne pas se *chuter* et de ne pas mentir pour autant !

À ma mère qui me ment, il va falloir que j'explique cette histoire de mariage. Mais d'abord, j'ai le bonheur de découvrir le selfie envoyé par Camélia. Ruben et moi, dont elle a zoomé la photo au maximum, regardons l'objectif en rigolant, deux glaces italiennes à la main. Derrière, Camélia a changé le décor et remplacé les palmiers de la plage par une forêt de plantes vertes, dupliquant sans doute les branches de palmiers pour en faire des yuccas. Elle a transformé ma robe bain de soleil en robe de mariage, en la fonçant en noir. Et elle a teint mes lèvres en légèrement plus rouge. Ruben, lui, est plus roux que blond mais elle a réussi à teinter ses cheveux noirs en toison paille. Le problème, ce sont ses lunettes de soleil. Dans le message qui accompagne son envoi, Camélia me suggère de préciser que Ruben souffre d'une conjonctivite… Puis elle me rappelle notre petit pacte en écrivant : « Allez ma Suz', mets ta mère au courant, et à toi la nouvelle vie dans la vérité ! »

J'envoie le selfie. Ouf, mes copines vont me croire.

Ma mère est une femme très ouverte. Elle ne demande qu'à être complice de mes secrets et de mes expériences en général, mais elle est curieuse et, pour être claire, dès qu'elle sent que je me confie légèrement à elle, elle aimerait que je déballe tout.

— Mais pourquoi avoir menti, ma Suzine ? Je t'avais pourtant dit d'aller à ce dîner, sermonne-t-elle.

Aussitôt, ça m'énerve. Je viens de lui expliquer la raison de mon refus. Je recommence.

— Romane et Violetta m'auraient accusée d'être devenue amie avec Tom pendant les vacances. Si elles avaient su qu'il m'invitait à ce dîner, et si j'y étais allée, elles m'en auraient voulu. Alors j'ai dit que j'avais un copain, Franz, et que je le retrouvais à un mariage...

— Et tout est faux ? Je veux dire, Franz ?

Maman frétille presque à l'idée que Franz existe.

— Complètement faux. Inventé. Un faux copain pour que mes copines me lâchent avec Tom.

— Et Tom, demande maman, il te plaît ?

— Ben non. Pas du tout. Mais moi, je lui plais, et c'est vraiment embêtant parce que si les filles l'apprennent elles seront folles de jalousie...

Maman cogite. La seule chose que je lui demande, c'est de mentir si un jour mes copines lui parlaient de ce mariage. Ce n'est quand même pas si compliqué ! Pourtant, son air s'assombrit. Maman dit lentement :

— Le problème, ma Suzine, le problème... C'est qu'hier soir, au restaurant, j'ai croisé les parents de Romane... Qui dînaient avec les parents de... Violetta... Et heu... Nous nous sommes salués... Et j'ai demandé si tes amies avaient elles aussi boudé ce dîner chez Tom... Et j'ai appris qu'elles y étaient...

Le ciel s'effondre sur ma tête. Je ne peux pas entendre ce que je viens d'entendre. Je réponds à côté :

— Tu étais au restaurant hier soir ? Mais tu n'étais pas plutôt à ta chorale ?

Ma mère rougit, elle fuit mon regard même si un sourire étire sa mâchoire.

— Ma Suzine, me dit-elle, il faut que je te dise... En fait, hier, moi aussi j'ai menti. Pas à mes copines, mais à toi. Et sans doute que j'ai eu tort puisque maintenant, je dois t'avouer la vérité. J'en suis heureuse, quelque part... Mais quelle bêtise d'être passée par le mensonge. Voilà ma Suzine, hier, je n'ai pas chanté, je suis sortie dîner avec quelqu'un...

— Quelqu'un ? lui dis-je, sur le ton le plus agressif que j'ai en magasin.

— Oui, Suzine. Avec Viviant, tu sais, Viviant le garagiste... On s'apprécie beaucoup et on se voit de temps en temps. Quand tu étais à la montagne, on a pris quelques cafés ensemble et hier soir, il m'a invitée à dîner.

— Et pourquoi tu as menti ?

— Parce que c'est gênant, de te le dire. C'est le premier homme qui me plaît après papa et je ne sais pas comment tu vas le prendre...

Je suis tellement en colère à l'idée que les parents de Romane et de Violetta aient croisé ma mère au restaurant que je me *chut*. Elle croit sûrement que son mensonge m'atteint, alors elle se confond en excuses, et je suis incapable de lui dire que son mensonge n'est pas un problème. Je la laisse s'enliser dans sa désolation, et elle n'y va pas avec le dos de la cuiller. Je peux m'attendre à un poème de mille lignes posé demain matin sur l'assiette de mon petit déjeuner. Elle essaie de prendre ma main, elle me dit des mots sur l'amour qui semble la porter doucement vers Viviant, vers cette nouvelle vie amoureuse qui peut-être s'ouvre à elle, mais qui ne changera rien à nous deux. Elle, ma petite maman, et moi, sa petite Suzine. Sauf que les larmes recouvrent mes joues. Et je pars en courant dans ma chambre. Quand je claque la porte, ma mère laisse toujours passer un moment avant de venir gratter doucement. Qui peut m'aider maintenant ? Que vais-je dire demain, alors que je viens d'envoyer à mes amies le selfie de Franz et de moi au mariage ?

CHAPITRE 18

La cour est grise, le préau noir. Il pleut. J'ai tenté de rater l'école mais ma mère, même accablée par son mensonge, n'a pas accepté. Elle m'a conseillé avec aplomb :

— Suzine, dis-toi une chose : les chiens aboient, la caravane passe. Ceci doit être l'adage de toute ta vie. Donc tu as menti. OK. Trouve un axe, et garde-le. Si ça pérore autour de toi, tu t'en moques, tu tiens ton axe. Mais sache que dans la vie, l'axe basé sur un mensonge tient moins droit que l'axe de vérité.

Je dois me débrouiller avec cette leçon qui, pour une fois, n'est pas un poème. Elle rime sûrement à quelque chose. J'ai donc cogité et décidé la chose suivante : je garde le cap. J'étais au mariage, avec Franz. Je n'ai jamais dit que je m'y rendais avec ma mère. Il est donc tout à fait logique, plausible, que les parents de mes amies aient croisé ma mère hier soir. J'explique ce matin à mes amies que j'ai rompu avec Franz à ce mariage, où je suis allée... avec mon père ! Ce soir, je préviendrai Camélia que j'ai fait un dernier petit mensonge, et ensuite, à moi la grande vie fluide sans balivernes. Malgré l'axe prévu, j'ai la tremblote et la terrible sensation d'avoir à marcher sur un fil sans me casser la figure. Mes deux copines apparaissent, elles s'approchent de moi en courant. Quelquefois, Léocadie et sa douce passivité me manquent.

— Il s'est passé un truc dingue au dîner de Tom ! s'écrie Violetta... Tom a dit à Romane qu'il était amoureux de toi !

— De moi ? dis-je, la plus interloquée possible.

— Oui, il dit qu'à la montagne, il a ressenti un vrai sentiment pour toi, que tu étais une fille super. Et moi je suis d'accord avec ça, donc je lui ai confirmé que tu es une fille vraiment super.

Il y a un hic. Mes deux copines si jalouses jusque-là semblent trouver formidable que leur ex-copain soit amoureux de moi. Alors je me lance...

— Et ça ne vous gêne pas ? En tout cas, moi, je me fiche complètement de Tom. C'est pas mon style. Il est sympa, mais ça restera un copain...

— Nous ? On s'en fiche aussi ! s'esclaffe Violetta. Tu sais qu'on est allées au stade samedi. Kaÿs et Mike, c'est dans la poche ! À côté d'eux, Tom est vraiment un petit garçon...

Je suis tellement contente de les savoir passées à autre chose, tellement contente qu'elles ne mentionnent même pas le selfie de Ruben-Franz que je me surprends à partager leur liesse. Je me sens à nouveau faire partie des leurs. La bande des trois. Bras dessus, bras dessous, nous marchons vers la classe. Tom se joint à nous et je les trouve un peu dures de lui parler comme à leur petit frère. Il me demande comment était le mariage, je réponds « cool », avec un sourire sympa. J'ajoute :

— Mais ma pauvre maman a eu un trouble psychologique. Pendant quelques heures, elle a tout mélangé dans sa tête. Il paraît que ça arrive, le docteur est venu et c'est lié au surmenage... Elle travaille trop, la pauvre. Figure-toi qu'elle a cru que j'étais à la maison alors que j'étais avec papa au mariage. Un truc de ouf !

L'entrée de la prof de maths dans la classe n'empêche pas Violetta de faire un clin d'œil à Romane :

— On lui dit la meilleure ? lui demande-t-elle.

— Quoi ? dis-je.

— Paul, le copain d'Alexis, a demandé pourquoi tu n'étais pas là samedi... Il nous invite à revenir au stade mercredi après-midi. Il faut que tu viennes.

— Moi ? Pourquoi moi ?

— À ton avis ? Tu plais aux garçons on dirait !

Aux anges après ce compliment, j'en oublie l'information que je suis censée transmettre, celle de ma rupture avec Franz. Le cours de maths me sert à fixer dans ma tête quelque chose de très important. Tomber amoureuse, c'est bien, mais il faut le vouloir. J'ignore si Paul me donne plus d'élan que Tom. Je n'ai jamais embrassé un garçon, et le problème, c'est que quand j'ai envie que ça m'arrive, c'est juste pour ne pas être inférieure à mes copines. Mais l'idée de le faire me dégoûte. Je suis heureuse avec mon Franz, même s'il a la tête de Ruben ! J'ai peur de toutes ces choses à venir. Je me retiens parfois de jouer à la poupée ou de faire parler mes Barbie, planquées dans leur camping-car, en haut de mon placard, en réserve pour si un jour j'avais des enfants... J'essaie de grandir au plus vite, mais au fond, je suis dépassée par la vitesse. Quand je me *chut*, c'est pour me retrouver, moi et le souvenir de ma collection d'animaux en porcelaine que j'ai planquée dans une boîte à chaussures pour ne garder qu'une décoration épurée semblable à celle que préconisent mes copines pour leur chambre. Tout cela me donne envie d'appeler ma grand-mère...

— Suzine ? me demande la prof de maths. Qu'est-ce que je viens de dire ?

— ...

— Qui peut expliquer à Suzine ce que je viens de dire ? Je vous préviens que si personne ne prend la parole...

Menace, menace, punition. Elle tombe. La prof m'inflige une colle pour mercredi prochain. Plancher sur divers exercices me fera réfléchir à ce que j'ai raté. Et c'est bizarre parce que cette colle, loin de m'effrayer, même si elle m'ennuie, me protège de la visite au club de foot. Mercredi, je serai là, punie dans la classe, plutôt qu'au stade à regarder les garçons. Tant mieux. Mais bien sûr, je le garde pour moi. Pendant l'inter-cours, mes amies, désolées pour moi, me parlent du mariage, et de Franz.

— Ce n'est pas qu'il est moche, dit Romane, mais il n'est pas terrible par rapport à ce que tu nous avais dit de lui...

— C'est peut-être la photo, elle est prise d'un peu près, tempère Violetta. Même toi, tu as un gros nez dessus.

Il est temps de leur dire que c'est fini avec Franz, mais qui va me protéger des autres garçons si je ne l'ai plus ? En effet, Franz n'est-il pas le meilleur rempart contre ceux que l'on voudrait m'imposer ? Si j'ai Franz, il est logique que je refuse d'embrasser qui que ce soit, et qui sait... Peut-être qu'un jour, l'envie me prendra. Mes amies ont l'air concernées par le sujet. Je suis juste un peu en retard, c'est tout.

— Moi je le trouve beau, leur dis-je. Et surtout, il est super intelligent et tellement drôle.

Ma belle-mère apparaît dans ma géométrie mentale, tendue comme un arc, flèche dirigée vers le mensonge que je viens de faire, et ma mère, cible même de mon mensonge, reçoit la flèche en plein cœur. Oui eh bien je mens parce que j'en ai besoin. Et puis zut. Les chiens aboient, la caravane passe !

CHAPITRE 19

Viviant m'a offert un grand cahier de coloriage de princesses, avec stickers. Je l'ai remercié parce que le réflexe du merci est bien installé dans mon système central mais je me suis demandé s'il était complètement débile. J'ai treize ans et demi, pas quatre. Coup de chance, il ne m'a pas offert un album Panini de *Cars*. Ma mère a l'air tellement contente que je me *chut*. Davantage d'enthousiasme manquerait vraiment de naturel. En plus, elle vient de dire :

— Ouh là là, tous ces autocollants ! Ne les colle pas partout dans la maison, sois raisonnable, ma Suzine, je t'en prie !

Et puis elle a ri, avec l'air aussi cloche que celui qu'elle a pris quand Viviant a jeté un œil à notre chaudière en lui rappelant qu'il n'était pas expert dans tous les moteurs. Quand il a réussi à la remettre en route, elle m'a regardée. Elle était si fière que c'était touchant. Aussi touchant que quand elle m'a annoncé : « Puisque tu es dans la confidence de notre petite amourette, j'ai décidé d'inviter Viviant à dîner. » Ce soir, mardi donc, elle me l'a présenté. Je ne savais de lui que ce qu'en avait dit papa, et c'était plutôt bien. Moi, d'emblée, je l'ai trouvé chouette. Mais c'est gênant, l'amour des gens quand il vient de germer. C'est trop voyant. Ça m'a déjà fait cette drôle d'impression quand papa et Camélia se sont mis ensemble. On aurait dit qu'il avait envie de me dire plein de choses avec ses yeux, mais c'était trop humide, trop dense. Elle ne me concernait pas, toute cette chaleur entre eux. Viviant est le plus à l'aise de nous trois finalement. Il est juste pas du tout au point avec les filles de mon âge. Il me parle de licornes et de paillettes, de My Little Pony et de Barbie, parce que sa nièce de sept ans collectionne les trucs mauves. Il n'arrive pas à considérer que six ans d'écart comptent. Il m'a demandé si je collectionnais les aimants des boîtes de cordon bleu Le Gaulois et les autocollants des Vache qui rit. Pour l'approuver, ma mère a raconté l'époque où je collectionnais les capsules de bouteilles de Coca pour gagner une trousse. Elle a dit :

— Va la chercher ta trousse ! Montre-la à Viviant !

J'y suis allée, et quand Viviant a vu ma trousse, rouge, marquée Coca-Cola, il a dit :

— Une bien jolie trousse.

On a pu passer au dessert. C'est Viviant qui l'a apporté. Il a acheté plein de gâteaux différents, en précisant que le café était pour maman et le chocolat, pour moi. Mais comme j'ai treize ans, et pas sept, j'ai choisi la religieuse au café, et il a regardé ma mère pour savoir si c'était normal. Elle a répondu :

— À cinq ans, Suzine raffolait déjà de la glace au café !

Après, il y a eu un blanc, parce qu'on a parlé de mes hobbies, de mon collège, de mes amis, de mon père, de la voiture de mon père, de la courroie de transmission de la voiture de mon père, de ma belle-mère, de mes vacances au ski, de mon manque d'appétence pour les sports de glisse, et qu'on ne savait plus quoi dire.

Je me rends compte que je ne suis pas douée pour les interrogatoires. En effet, j'aurais pu à mon tour m'intéresser à lui et lui poser deux trois questions, mais lesquelles ? Je n'ai pas de questions. Ma mère se trémoussait, il essayait de se montrer à l'aise, et je boulottais ma religieuse en hésitant pour la suite : éclair ou millefeuille ?

Je me suis demandé s'il comptait dormir là. Ma mère a proposé de sortir de table, et j'ai filé dans ma chambre. J'ai quand même des choses à penser moi, actuellement.

Maintenant je suis dans ma chambre et on frappe à la porte. C'est maman qui veut savoir comment je le trouve !

— Il est parti ? lui dis-je.

— Non, il est aux toilettes. Mais je suis quand même trop impatiente de savoir... Il est sympa, hein ?

Je me *chut* un peu. Je la trouve bien empressée pour son âge.

— Tu ne l'as pas aimé ? Tu l'as aimé ?

— Oui, oui, il a l'air chouette, dis-je mollement.

Mon portable sonne. Elle me sourit et referme la porte. C'est un numéro que je ne connais pas. Peut-être Franz ! me dis-je en riant toute seule. Je décroche, contrairement à ce que m'ont toujours recommandé mes parents en réponse à l'appel d'un interlocuteur non identifié, et j'entends une voix de garçon qui connaît mon prénom.

— Suzine ? C'est Paul, l'ami d'Alexis, le frère de Romane. Tu n'es pas venue samedi au club de foot, mais est-ce que tu viendras demain ?

Un blanc, un vide, un silence comme un de mes *chut* les plus longs de l'histoire de mes *chut*. Je me rappelle son visage, je me rappelle que Paul m'a invitée au club, moi et mes copines, mais plutôt moi au départ. Je me rappelle qu'il s'intéresse à moi d'une certaine façon, et je sais très bien ce que je veux dire par là...

— Mercredi ? Ah oui, Romane et Violetta m'en ont parlé... En fait, mercredi j'ai une colle !

— Waou ! s'exclame Paul. Je ne savais pas que tu étais du genre à... avoir des colles.

Le mensonge étant devenu ma seconde nature, je réponds :

— Oui, parfois j'ai un côté tête brûlée qui n'enchante pas les professeurs ! Enfin, une colle de plus, une colle de moins...

— Et tu en as pour longtemps ? me demande-t-il.

— Quatre, cinq heures, par là...

— Mais qu'est-ce que tu as fait ?

— Impertinence...

— OK. Peut-être samedi alors ? Il y a les quarts de finale, si tu veux, je te garde des places, je sais que Romane et Violetta viendront...

— Merci, oui, j'essaierai de venir. Si je ne peux pas, je le dirai à Romane. Ça marche ?

— En fait, le soir il y a la soirée Miss Crampon. Il faut absolument que tu y sois. Tu me permets de te noter sur la liste des filles qui concourent ?

Je me suis *chutée* et Paul m'a répondu :

— Super, c'est sûr que tu vas gagner !

J'ignore si mon bronzage de la montagne avec les traces de lunettes sur le nez y est pour quelque chose, mais c'est le deuxième garçon que je fais craquer en un rien de temps on dirait. Dommage que les garçons ne m'intéressent pas... ou plutôt heureusement que j'ai Franz. Sauf que je viens de mentir, encore. Quatre ou cinq heures de colle pour impertinence alors que j'ai écopé d'une toute petite heure pour inattention...

Ma mère vient toquer à la porte, avec Viviant cette fois.

— Viviant voudrait te dire au revoir, ma Suzine...

— Tu passes au garage quand tu veux, me dit-il, je te montrerai mon pont élévateur.

Chouette ! À présent, il me prend pour un petit garçon de huit ans trois quarts. Entre les garçons qui me prennent pour la grande fille que je ne suis pas et les adultes qui me prennent pour un bébé, c'est compliqué. Heureusement que ma belle-mère me prend pour ce que je suis. Moi. Suzine. Qui a un handicap majeur bien plus embêtant que son « petit problème ». Suzine qui n'a pas cessé de mentir de la journée. Contrairement à ce qu'elle avait promis.

CHAPITRE 20

Le mercredi, ce qu'on préfère avec mes copines, c'est de nous retrouver au parc en mangeant un sandwich. On a rarement le droit d'y aller toutes les trois en même temps parce qu'il y a systématiquement l'un de nos parents qui refuse, soit parce que l'une d'entre nous a été impertinente, soit parce qu'elle a eu une mauvaise note, soit parce que rien. Il arrive que nos parents soient injustes par nature et décident pour nous de choses complètement inadaptées. C'est ce qui se passe avec Violetta qui a appris ce matin qu'il n'était pas question qu'elle aille au parc avec nous, et encore moins au club de foot après son 11 au contrôle de maths. Elle a eu beau expliquer que 11 est au-dessus de la moyenne, elle n'a pas obtenu gain de cause. Alors elle a menacé, jurant que si on l'enfermait tout le mercredi, elle travaillerait encore plus mal à l'avenir. Romane, dont les parents sont très amis avec ceux de Violetta, a demandé à sa mère d'interférer, mais les parents sont toujours d'accord dans ce genre de conflit. Et sa mère a profité de l'interdiction de sortir de Violetta pour infliger la même punition à Romane. Quand ma mère m'a demandé ce que j'allais faire de mon mercredi, après ma colle, et que j'ai marmonné « rien du tout », elle s'est inquiétée, et a voulu savoir si j'avais bien mis mes affaires au clair après mes petits mensonges. Je l'ai rassurée. Elle m'a rappelé que Viviant était prêt à me faire visiter le garage quand je voulais. Je me suis *chutée* gentiment mais ce n'est pas l'envie qui me manquait de lui rire au nez.

Un mercredi de désœuvrement, j'aime bien. Et puis en ce moment, moins je vois de monde, mieux je me porte, puisque je ne peux m'empêcher de raconter n'importe quoi. En plus, j'ai l'impression qu'on tombe très facilement amoureux de moi et ça m'agresse. Je me plante devant mon ordinateur, et je regarde un tutoriel sur les tresses africaines.

Il est 15h12 quand j'en suis à mon huitième tutoriel sur « comment dormir sans défaire sa tresse » quand Paul m'appelle.

— Je te dérange ? Tu es à ta colle ? me demande-t-il.

— Heu... oui !

— Excuse-moi mais c'est une urgence : j'attends tes copines pour les faire rentrer au club et elles ne sont pas là... Tu sais si elles viennent ?

— Ah non, lui dis-je, elles sont privées de sortie.

— Privées de sortie ? me lance-t-il en rigolant.

Et vlan, je sens que j'ai commis une erreur dans la formulation.

— Je vais dire ça à Mike et Kaÿs, ça va les faire rire ! rétorque Paul. Dis-leur quand même qu'ils sont tous les deux plantés là, pas loin de l'entrée, à les attendre... Ça leur fera plaisir ! Sinon, je peux compter sur toi samedi ? Rappelle-toi que je t'ai inscrite à Miss Crampon. Tu es obligée de venir...

Violetta, qui avait une voix d'outre-tombe quand je l'ai eue au téléphone après cet appel de Paul, a hurlé de joie, et Romane idem. Toutes deux, certaines que la punition d'aujourd'hui représente pour leurs parents une dette de gentillesse à venir, sont déjà en train de préparer la soirée de samedi. Je n'ai pas dit que j'étais candidate à Miss Crampon. Miss Crampon, c'est mieux que Miss France. Au sein du collège, une

Miss Crampon a toutes les chances de briller. Le problème, c'est que toutes les filles rêvent de le devenir ou même de participer à son élection en tant que finalistes. Avec un peu de chance, je n'irai pas en finale et mes amies ne sauront jamais que j'ai été en compétition au départ. La règle veut que seules les trois retenues par le jury pour la finale défilent en tenue de foot et crampons. Puis le jury pose des questions et les trois finalistes répondent dans le micro. Miss Crampon ne doit pas seulement bien porter les crampons. Elle doit aussi être cultivée et spirituelle. Je vais rappeler Paul pour lui dire que je ne veux pas. Je ne veux pas parler dans un micro !

Je prêterai ma veste en jean à Violetta et elle prêtera son short blanc à Romane qui, elle, ne nous prêtera rien parce que sa mère déteste quand elle prête ses vêtements. Convaincue par mes copines, j'ai appelé ma mère pour avoir l'autorisation d'aller au club samedi et d'y rester jusqu'au soir, mais ma mère m'a rappelé que je passe le week-end chez mon père. Et là, ça se complique. Il vit en banlieue et il n'a jamais tellement insisté pour me conduire quand j'avais des goûters d'anniversaire les week-ends où il a ma garde. Ça veut dire que pour qu'il accepte, je dois passer par Camélia.

Je ne sais pas si je suis contente à l'idée de cette soirée. Ma peur vient toujours barrer le chemin de mon plaisir. L'élection de Miss Crampon avec mes copines, oui, franchement ça me plaît, mais l'idée de Paul qui voudrait quelque chose de moi, quelque chose d'un peu trop avancé par rapport à mes élans, je ne sais qu'en penser. Violetta a prévu que si Kaÿs ne l'embrasse pas, elle s'en chargera. Et Romane est certaine que Mike va l'embrasser. À propos de Paul, mes copines rigolent. Elles me disent qu'avec mon air réservé, j'attire les garçons plus âgés. « Attirer » ? C'est quoi ce verbe ? J'aimerais tellement avoir un copain fille avec qui rigoler, parler normalement, ou même se tenir la main sans arrière-pensée... Un frère, quoi. Viviant a un fils, mais je ne me suis pas concentrée quand il a parlé de lui hier. Il vit avec sa mère, il vient un week-end sur trois chez son père. Ma mère ne l'a pas encore rencontré. Mais quand j'ai senti le coup du « frère » risquer de me tomber sur la tête, j'ai fermé les écoutilles.

Au téléphone, Camélia m'a dit oui pour samedi. Elle a même promis que si papa refuse, elle me conduira elle-même au club de foot et viendra m'y rechercher.

Mon téléphone vibre. SMS de Paul. « Tu vas gagner samedi, d'accord ? »

C'est ça l'amour ? Peut-être. Je suis contente d'avoir une soirée, avec mes copines, je veux bien danser mais c'est tout. Je ferme les yeux et je pense à Franz. Pas Franz-Ruben, juste Franz, mon Franz qui n'existe pas et me rassure. Mais on sonne à la porte et quand je demande qui c'est, j'entends la petite voix éraillée de ma grand-mère.

— Ouvre vite, ma Suzette, je suis en nage !

Je lui ouvre et je la vois, épuisée, sa valise au bout du bras, le manteau mouillé aux épaules.

— Ta mère m'a carrément oubliée à la gare...

— Mais... Heu... C'était prévu que tu viennes ? lui dis-je.

— Évidemment ! Tu as oublié l'anniversaire de ta mère ou quoi ?

L'anniversaire de ma mère. Les quarante ans de ma mère. La soirée imaginée par ma grand-mère pour les quarante ans de ma mère. Alors là, oui, j'avoue, j'ai partiellement, enfin, complètement oublié. Il faut dire que l'idée m'a d'emblée peu enchantée. Tellement peu même qu'évidemment je me suis *chutée*. Ma grand-mère a insisté :

— Une chambre avec vue sur un ours polaire !

Toutes les trois enfermées dans une jolie hutte tout confort, avec vue sur un ours polaire ! Vue sur un ours polaire ! Elle a répété « ours polaire » trois fois de suite, puis elle a ajouté « ours polaire » en disant :

— Ton grand-père aurait adoré ça. Mais hélas... Le pauvre...

Contrairement à ce que cette phrase pourrait laisser croire, mon grand-père n'est pas mort. Le « pauvre » a quitté ma grand-mère pour son premier amour, Yvonne, une vraie peau de vache. Il a assez vite regretté d'être parti et ma grand-mère lui a promis de le reprendre, mais seulement quand elle serait prête. En attendant qu'elle le soit, ils se voient en secret, une fois par semaine et le week-end, quand Yvonne part faire une cure avec sa sœur. Ma grand-mère est contente de constater que mon grand-père vit l'enfer avec Yvonne et elle se « répare » de ce qu'il lui a fait en la quittant, il y a déjà douze ans. Elle se sent rajeunie, tranquille, et très rassurée quand il l'appelle chaque soir depuis le jardin du pavillon d'Yvonne en lui parlant des étoiles et en lui promettant plein de voyages comme elle aime pour plus tard. Ils n'ont jamais été d'accord sur les destinations et, quand il est parti, ma grand-mère a récupéré le temps perdu en enchaînant les escapades qu'il lui avait refusées. Leur seul point commun était leur attrait pour les zoos, au désespoir de ma mère qui ne supporte pas les animaux en captivité mais qui tâche de se *chuter*, afin de ne pas les vexer. À sa mère, toujours ravie de m'emmener visiter Thoiry ou le zoo de Vincennes, et même la ménagerie du Jardin des plantes et ses pauvres orangs-outans coincés derrière une vitre, elle a toujours dit merci, sans feindre non plus une trop grande joie mais en respectant cette passion. Quelquefois quand même, ma mère a lâché que les animaux de la savane étaient mieux dans la savane, et ceux de la brousse, mieux dans la brousse. Mais quand elle va apprendre que pour ses quarante ans, ma grand-mère a réservé un lodge en « Alaska » dans la Nièvre, avec vue sur un ours polaire, elle va crever. Ben oui, je crois que si cette « escapade entre filles » comme dit ma grand-mère m'est complètement sortie de la tête, c'est bien parce que j'ai pensé que ma mère allait détester ça. Et comme une cruche, ou un pichet, je ne sais plus, je n'ai pas osé dire à ma grand-mère qu'elle devait garder son idée pour une autre fois, et surtout pour quelqu'un d'autre.

À présent qu'elle installe ses affaires dans la chambre d'amis, l'ancien bureau de papa, en se faisant couler un bain, je vis une tempête dans ma tête.

— Et on partirait quand ? lui dis-je.

— Vendredi, évidemment ! Et retour dimanche soir !

Je suis censée être chez mon père ce week-end, aller au club de foot samedi… Ma mère a prévu de passer du temps avec Viviant puisque hier je les ai entendus évoquer au moins deux films qu'ils ont envie de voir et un bar qu'ils ont envie « d'essayer ». Enfin, ça avait l'air de rouler pour eux… Je n'ai même pas pensé à l'anniversaire de maman. Je ne sais pas si elle a prévenu Viviant mais en tout cas elle s'apprêtait à passer un super week-end, sans sa mère, et sans sa fille. Je lui envoie un SMS :

« Heu, maman, mamie vient d'arriver. Je crois que tu l'a oubliée à la gare… »

« Merde ! » répond ma mère.

L'heure est grave parce que l'emploi des gros mots dans la bouche de ma mère est aussi rare que l'emploi de mots de plus de deux syllabes dans la mienne, comme dirait mon père.

Ma mère m'appelle dans la foulée. Elle veut savoir si ma grand-mère n'est pas trop fâchée, mais surtout comment faire. Voilà, elle ouvre les vannes… Viviant l'emmène à un dîner-spectacle vendredi soir et samedi ils vont faire de la barque. Samedi soir, il lui a promis une surprise, parce qu'il a vu la date de son anniversaire quand ils ont échangé leur permis de conduire pour rigoler de leurs photos respectives... « Quarante ans ! il a dit, mais t'es une vieille ! » Et puis vite, vite, il a trouvé une idée magnifique, et peut-être même qu'ils ne vont pas dormir là, mais carrément ailleurs.

— Au garage ? je demande à ma mère.

— Non, je ne sais pas, peut-être dans un hôtel... peut-être qu'il m'emmène quelque part... peut-être une surprise... tout est possible.

— Sauf qu'on va avec mamie, au zoo, ce week-end. Et on y dort...

Ma mère fait silence. Elle ne s'est jamais fâchée avec sa mère, mais je sens qu'elle le regrette. Elle donnerait tout, pile maintenant, pour que sa mère et elle se soient brouillées à mort quand elle a épousé papa et laissé Max, son ancien amoureux, que ma grand-mère aimait tant. Mais ma grand-mère a, comme ma mère, ce don pour la poésie, et ma mère garde encore, dans le sous-main de son bureau, ce texte de ma grand-mère lui écrivant : « *Sois heureuse, ma belle enfant, tes choix sont pour moi des chants, qui montent en mon ciel comme des nuées d'oiseaux contraints de ne pas pleurer.* »

— Suzine, aide-moi ! chouine ma mère. Au secours ! On n'a pas quarante ans tous les jours...

— Oui, mais mamie a réservé ce truc il y a dix-neuf mois. Ce sont des semaines d'attente pour obtenir une place dans un machin pareil...

— Un zoo ! Mais quel enfer !

— Plus précisément, la chambre « Alaska », vue sur l'ours polaire.

— C'est dégueulasse...

Ma mère ne mâche pas ses mots.

— Tu te rends compte, cette pauvre bête qui va pointer son nez à la fenêtre pour nous divertir pendant que je soufflerai un gâteau, un fraisier si ça se trouve, le truc que j'aime le moins au monde et que ta grand-mère va payer un bras !

— Ce sera peut-être bien... Avec un peu de chance, l'ours ne se montrera pas. On sera comme dans un hôtel. On regardera *The Voice* à la télé...

Je manque de répondant. Que dire à maman ? Ma grand-mère barbote dans son bain. Elle m'appelle pour qu'on parle à travers la porte :

— Ma Suzi ? Ma Suzinette ? Ma Suzette ?

Je m'approche. C'est lourd, là. Qu'est-ce que je peux faire ? Comme d'habitude, rien. Me soumettre. Ne pas moufter. Attendre. Me laisser porter.

Ou bien agir. J'ai presque quatorze ans, alors n'est-il pas temps d'apprendre à réagir, au moins un peu ?

Ma mère s'occupe de moi, tout le temps, sans jamais rien demander, sans saute d'humeur... Est-ce que je suis incapable de m'arranger pour que son anniversaire soit une réussite ? Je n'ai pas d'idée, mais je me promets de trouver. En attendant, j'écoute ma grand-mère :

— Je suis tellement contente d'y aller, Suzine. Je ferai des photos. On est en 2018, j'ai calculé que si je reprends ton grand-père en 2020 je peux déjà réserver une autre chambre au zoo et on y retournera, ensemble, comme on a toujours rêvé... Nous deux au coin du feu, dans une maison de rondins, avec l'ours qui nous rendra visite... J'apporterai du champagne. On fera la fête ! Pour moi, ce week-end avec vous deux, mes petites filles, c'est une sorte de répétition...

— Mais tu ne crois pas, mamie, que tu devrais proposer à papi de venir ?

— Avec Yvonne, il n'aura jamais le droit...

— Reprends-le maintenant ! Pourquoi attendre encore deux ans ? Appelle-le, reprends-le, et allez passer ce week-end en amoureux tous les deux...

— Pas question que je vous laisse pour les quarante ans de ta mère ! Ça va pas la tête ou quoi ! On va faire les folles, et je me réjouis. Et puis ta mère va être contente. Je me souviens de Bouba, son ours blanc...

— En peluche.

— Tu ne lui as pas dit où on allait au moins ? Tu as gardé le secret, n'est-ce pas ? demande ma grand-mère

— Oh ben oui, tu penses...

Ma mère vient de rentrer. La porte a claqué. Un pas lourd s'approche de nous. Je vois son visage tendu, anxieux. Elle s'installe avec moi derrière la porte de la salle de bains et demande :

— Maman, ça va ? Je suis contente que tu sois là... Tu as fait bon voyage ? Je suis désolée pour la gare, j'avais complètement oublié que tu arrivais aujourd'hui, je te demande pardon... Tu as pris le bus ? Ta valise n'était pas trop lourde ? Izon est chez ta voisine ?

— Aucun problème, ma chérie. Je suis si contente d'être là. Ce soir, je vous emmène à la crêperie.

Je regarde la tête de maman et je comprends qu'elle aurait bien dîné seule avec moi. On se sourit, et on répond en chœur :

— La crêperie ? Super.

CHAPITRE 21

« Dix ans de moins, tu fais vraiment dix ans de moins ! » a hurlé mon père dans le téléphone quand maman l'a appelé pour lui dire qu'elle avait complètement oublié la surprise pourrie que sa mère nous avait réservée pour ses quarante ans et que, par conséquent, je n'irais pas chez lui ce week-end. Elle a rigolé en raccrochant. C'est plutôt rare que papa la fasse rire, donc j'ai pris ça comme un bon signe... Et j'ai évité de parler de ma soirée Miss Crampon, car je n'ai pas voulu faire passer mes petites affaires personnelles avant l'anniversaire de maman. Mais je n'en pense pas moins. Vis-à-vis de mes copines, c'est carrément nul d'avoir une obligation familiale le jour de Miss Crampon. C'est même impossible. Aucune d'elles n'accepterait de répondre présente à une fête de famille pile le soir où il y a la soirée qui fait rêver tout le collège, mais à laquelle peu d'entre nous ont la chance d'accéder. Surtout à une fête de famille se limitant à trois descendantes.

Franchement, quand je nous imagine, Mamita, maman et moi, guettant l'ours blanc, ça me fait froid dans le dos. J'ai un cœur, et je pense que pour ma mère, souffler ses bougies dans un zoo au lieu de les souffler avec son amoureux va être compliqué. Elle a lâché de nouvelles informations. Elle dit que Viviant m'aurait emmenée avec eux faire de la barque, et qu'après je serais allée au club, où Camélia serait venue me chercher. Maman avait même appelé Camélia pour mettre le planning au point. Elle s'excuse pour ma soirée foutue, et je lui assure que ce n'est pas grave. Je pense à Izon, le chien, que Mamita a été obligée de laisser à sa voisine parce qu'il n'est pas accepté dans le zoo. Quel gâchis !

Je viens de récupérer mes copines. Par chance, grâce à Franz et à tous les mensonges que je suis censée arrêter un jour, je suis même devenue la coqueluche du groupe, je suis celle par qui les bonheurs arrivent... Je viens d'envoyer un message à Paul pour qu'il inscrive Romane et Violetta sur la liste. Au début, il m'a dit que c'était trop tard, mais j'ai insisté, en expliquant que ça me mettrait dans l'embarras d'être la seule en compétition. Et il a accepté. « Elles sont d'accord ? » m'a-t-il demandé. J'ai répondu oui. Maintenant, il faut que je le leur dise.

Ne pas être à cette soirée, c'est vraiment risquer de passer pour une nulle. Tout irait mieux si Mamita remballait son ours polaire et se rabibochait avec mon grand-père. Ce serait humain, en plus, de le détacher d'Yvonne une bonne fois pour toutes. Elle essaie de m'amadouer depuis qu'elle est entrée dans la famille mais ça n'a jamais fonctionné. Elle me pose des questions beaucoup trop personnelles, comme « es-tu réglée ? », et quand elle se heurte à mon mutisme, elle se braque. Cette femme est horrible. Mon grand-père n'a même pas le droit de passer chez nous. Il est obligé de lui mentir pour nous rendre visite.

En fait, l'idéal pour le programme de ce week-end ressemblerait à quoi ? Je veux que Mamita aille dans sa cabane au zoo avec mon grand-père, que maman passe son anniversaire avec son amoureux, et que moi, j'aille m'amuser à la soirée du club de foot avec mes copines, ignorant, grâce à Franz, mon fiancé invisible, cette horde de garçons qui me courent après. Puisque j'ai fait la surprise à mes copines de les mettre dans la compétition, j'accepte moi aussi de participer à l'élection de Miss Crampon. Dans ses poèmes les plus ratés, maman m'a déjà écrit : « Suzine, ma divine, quand tu veux quelque chose, prends-le, ouvre la main, décroche le ciel. » Je lui ai fait remarquer que ça ne rimait pas, elle m'a répondu qu'il existait des poèmes en prose. Du coup, nous n'avons pas tellement échangé sur le sens profond de sa phrase. Mais j'ai réfléchi au message. Conclusion de la réflexion : je peux obtenir ce que je veux si je m'en donne les moyens. Phrase non poétique mais beaucoup plus claire. Je ne sais pas si je suis capable de le forcer, mais le destin de ce week-end est entre mes mains.

Je vais donc voir ma mère pour lui faire la morale. Elle est dans sa chambre, assise sur son lit, son téléphone sur les genoux, et le regard assez furax. Elle m'accueille avec un sourire dévasté comme si vraiment l'ours polaire allait marquer d'une croix noire le début de sa quarantaine. Elle serait même capable de s'en faire un manteau de fourrure... On n'a pas le temps d'échanger deux mots que Mamita frappe à la porte :

— Toc-toc-toc, vous êtes là, les filles ?

On lui répond. Elle entre et s'assoit avec nous sur le lit de maman. On se tient un moment serrées en brochette, puis Mamita, ressentant une gêne, nous lance :

— Qu'est-ce qui se passe, mes jolies ? Vous n'aimez plus les crêpes ?

Excédée, ma mère se lève en la rassurant. Elle va se doucher.

J'ai dix minutes pour parler à Mamita. À voix basse, elle exulte :

— Oh ma chérie, ta mère va être épatée ! Un ours polaire, tu te rends compte ? Elle a un peu le bourdon, on dirait, à l'approche de ses quarante ans... Qu'est-ce que tu en penses ? Elle va bien, n'est-ce pas ? Elle ne déprime pas au moins ?

Ma tête cogite, s'emballe, s'active comme un moteur en fusion. Bouger, c'est l'idée, mais comment... Un jour, Camélia m'a donné une phrase magique. Il s'agit d'« et alors ? ». Elle m'a expliqué qu'en toutes circonstances je pouvais dépasser une crainte ou un blocage en me répétant comme un mantra : « Et alors ? » Je l'ai appliqué plusieurs fois. Je me souviens qu'une fois, la peur au ventre, j'ai rapporté un 3,5 en contrôle de géo. En plus, j'avais copié. J'ai eu peur de me faire gronder et aussitôt j'ai pensé : « Et alors ? » Ça a marché. En effet, mes parents ne m'ont jamais battue, les punitions n'ont jamais été plus rudes qu'une interdiction de sortie ou deux heures de mauvaise humeur, et je n'en suis pas morte. Si je dis la vérité à Mamita sur son idée pourrie, que peut-il se passer ? Elle va m'en vouloir. Et alors ? Elle m'en voudra une heure avant de réfléchir, peut-être, et de changer d'avis. Ou bien elle ne m'écoutera pas, et oubliera aussitôt ce que j'ai dit. Ou bien elle me traitera de sale gosse jamais contente. Et alors ? Tout le monde sait que je suis mignonne.

— Mamita ? dis-je en posant ma tête sur l'épaule de ma grand-mère.

— Oui, ma chérie ? Attends... Oh dis donc... Tu vois ce que je vois ? C'est qui ce gars-là ?

Elle montre du doigt la photo de Viviant que maman a collée sur son mur. Ils se tiennent par les épaules, sourient à celle qui prend la photo : moi. Ma mère a déjà imprimé une photo d'eux. C'est du lourd. Mais c'est trop mignon.

— C'est Viviant, dis-je à ma grand-mère. Le nouvel amoureux de maman.

C'est maintenant ! Je dois le dire ! Allez, Suzine ! Allez, parle ! Te *chut* pas, c'est maintenant !

— Mamita ? Tu sais, Viviant et maman, c'est vraiment une histoire d'amour... Tu ne trouves pas dommage de les séparer le jour de l'anniversaire de maman ?

— Les séparer ? Mais je ne sépare personne ! Si ta mère me parlait, je lui aurais dit de l'inviter. Notre hutte peut contenir un régiment, tu sais ! Je vais lui dire... Je vais lui dire de l'inviter...

— Mais Mamita, peut-être que pour maman, le zoo n'est pas la meilleure idée. Elle adore les ours polaires, mais sur la banquise.

— Ta mère ! Mais enfin ma Suzine, je te rappelle qu'elle en avait cinq. Cinq ours quand elle était petite !

— Oui, en peluche.

— Non, elle en avait un en porcelaine aussi.

— Mamita, je ne veux pas te faire de peine, mais tu devrais y aller avec papi là-bas. C'est votre truc. Maman déteste les animaux en captivité. Et moi, moi...

— Toi ?

— J'ai une soirée très importante samedi, et je n'ai pas envie de la rater.

Ma grand-mère se tait. Elle regarde ses genoux et tortille ses mains. Ça énerve ma mère quand elle fait l'enfant. Mais évidemment, elle ne le lui dit jamais.

— Il y a donc une soirée plus importante pour toi que les quarante ans de ta maman ?

CHAPITRE 22

Miss Crampon a eu raison de ma grand-mère. Interpellée par cette soirée mystérieuse à laquelle je rêve d'aller, Mamita veut en savoir davantage. Quand je lui explique que la soirée d'élection de Miss Crampon est essentielle à mon aura scolaire, elle évoque avec entrain Miss Gambettes, titre qu'elle a remporté quand elle avait vingt ans. À la crêperie, maman est renfrognée, et ma grand-mère complètement partie dans ses souvenirs. Je sens que j'ai atteint sa corde sensible. Miss Crampon la ramène à ses jeunes années. Elle essaie de remuer maman qui ne remue pas, sauf pour pianoter de temps en temps sur son téléphone. Elle s'étonne à peine que je sois nominée pour Miss Crampon. Ma grand-mère la houspille :

— Mais dis donc, tu te rends compte ! Ça ne te fait ni chaud ni froid que ta fille soit sous le feu des projecteurs ?

Je suis obligée de calmer Mamita. Je lui explique les règles : seules les trois finalistes défilent. Pas les autres. Et je ne risque pas de me retrouver en finale !

— Ben ça, c'est sûr ! s'esclaffe maman.

Elle est si rarement désobligeante que ma grand-mère en a le bec cloué. Voyant ma tête déconfite, maman ajoute :

— Pardon ma Suzine, ce n'est pas contre toi, bien sûr. Mais vu que tu ne pourras pas aller à la soirée, tu ne risques pas d'être élue, ma pauvre chérie... La faute au grand ours blanc d'Alaska !

Ma mère se lâche. Elle a déjà bu deux verres de cidre, son humour doit venir de là.

— Qu'est-ce que vous avez contre moi toutes les deux ? Zut à la fin, dites les choses simplement ! Elle vous ennuie la surprise que j'ai préparée ? Enfin, une surprise... Si on veut ! Tu es au courant pour l'ours, le zoo, tu es au courant de tout en fait ? veut savoir ma grand-mère.

Maman avoue, murmurant un oui du bout des lèvres. Je baisse le nez dans ma crêpe à la raclette. Mamita me regarde et je relève les yeux. Les siens montent au ciel. Pas de violence dans ses sourcils. De toute façon, Mamita, à part avec mon grand-père, est du genre pacifique.

— Vous savez ce que je vais faire ? Je remballe ma hutte au zoo. J'ai pigé. Vous êtes deux sales gosses.

Maman explose de joie. Elle tombe dans les bras de Mamita. Mamita n'est pas triste, ni froissée. Quelquefois, je me dis que plus tard j'aimerais savoir, comme elle, dépasser les choses simplement. La seule chose qui la concerne vraiment, c'est mon grand-père.

Je consulte mon téléphone. J'ai au moins vingt SMS de mes deux copines me demandant si je suis au courant qu'on peut encore s'inscrire pour l'élection de Miss Crampon. Elles veulent savoir si par hasard, moi qui ai un bon contact avec Paul, je pourrais lui en toucher un mot. Je tiens mon aura définitive. Je leur réponds : « C'est bon les filles, je nous ai inscrites ! »

Entre maman et Mamita, ça a toujours été donnant donnant. Puisque l'une a lâché sur le zoo, l'autre se doit de présenter son amoureux.

— Je veux voir ton copain, gémit Mamita, en faisant ses yeux de biche. Tu es sûre qu'il est gentil ? C'est un homme sûr ?

— Sûr ? reprend maman.

Elle promet de le lui présenter. Bientôt. Et Mamita évoque mon grand-père. Leur rencontre, leur vie commune, sa trahison, Yvonne, la suite. Avec ma mère, on a déjà entendu l'histoire quarante mille fois. Mais l'humeur est si joyeuse qu'on est prêtes à la réentendre. Moi, je les écoute d'une seule oreille... Je pense très sérieusement à la tenue que je porterai samedi. On doit, même les sélectionnées, arriver en tenue normale. C'est Paul qui m'a envoyé les infos. Puis les trois finalistes sont habillées en footballeuses au moment de se présenter au jury. La gagnante reçoit une paire de crampons. L'idée ne m'enchante guère, mais des crampons accrochés au mur de ma chambre comme des pointes de danseuse, ça peut faire original. Mon premier trophée ! Je ne me fais pas d'illusion, je ne gagnerai sûrement pas. Mais me présenter est déjà une grande avancée. On dirait que je me décoince. Mon « petit problème » est vraiment loin derrière moi. Je pense à Franz. Je suis sûre qu'il m'a donné ce courage. Intérieurement, je suis protégée depuis que je l'ai inventé. J'ai quelqu'un ! L'idée d'aller à cette soirée sans me sentir obligée d'avoir un garçon dans le viseur me réjouit.

Romane et Violetta ne pensent qu'à Mike et Kaÿs. Ils sont leurs objectifs. Plus rien ne compte en dehors d'eux. Alors elles sont sûrement en avance sur moi. À mon avis, c'est ce qui se passe. Elles sont beaucoup plus mûres. Ou peut-être se forcent-elles, elles aussi, à jouer aux grandes, mais je ne crois pas. Je dois être légèrement en retard. Mon « petit problème » m'a cassé mon rythme et empêchée d'avancer. À présent que je suis moins timorée, peut-être que je vais me lancer. L'amour a-t-il quelque chose à voir avec le ski ? Suivre la pente, faire l'œuf pour amortir les chocs ? À entendre ma mère, l'amour donne l'impression d'avancer sur aéroglisseur. À entendre ma grand-mère, l'amour est un sommet à escalader puis à redescendre. Dans les deux sens, il nécessite le même enthousiasme. J'ai envie de demander à Camélia ce qu'elle en pense. Mais elle risque de me parler de papa.

Et là, je reçois une salve de SMS. Je ne comprends pas bien ce que mes amies insinuent.

« Tu NOUS as inscrites, Romane et moi, tu veux dire ? » me demande Violetta.

« Parce que tu t'es inscrite toi aussi ? » me demande Romane.

Et quand je réponds qu'il y a nos trois noms en sélection pour la finale de Miss Crampon, elles réagissent quasiment à la même seconde :

« Mais toi, tu es vraiment sûre que tu veux tenter ? »

Je réplique : « Ben oui, c'est marrant, pourquoi ? On parlera dans un micro... si on est en finale ! »

« C'est pas Miss Handi-crampon ! » me répond Violetta, avant d'envoyer : « Je rigooooollllle ! »

Ma crêpe chocolat est toute noire. Je sens quelque chose de suspect. Il y a un problème, mais lequel ? Je ne comprends pas très bien. Ma mère et ma grand-mère établissent un plan de bataille. Ça y est, Mamita compte récupérer mon grand-père. Elles ont des fous rires.

Ma crêpe au chocolat est trop grosse. Je ne vais pas pouvoir la finir. D'ailleurs je ne l'ai pas commencée. Ma mère est tellement heureuse qu'elle ne me voit pas. Ma grand-mère est tellement impatiente de prévenir mon grand-père que leur bonheur va reprendre... Je retire doucement les appareils qui habitent dans mes oreilles. Je les glisse dans ma poche. Je ne veux plus rien entendre. Ni mon téléphone sonner. Ni ma mère rire. Ni ma grand-mère s'emballer.

Je veux juste entendre mon cœur qui bat, dedans, terrifié, mais complice. Lui et moi, on a toujours été amis. Il n'a jamais parlé dans mon dos. Il pense comme moi. Il a peur comme moi. Mon cœur, c'est moi.

CHAPITRE 23

Être dans une cabane de zoo. Vue sur un ours polaire. Voilà ce que je voudrais ici, maintenant. Mais Viviant à qui ma mère a tout raconté ne l'entend pas de cette oreille. On ne fuit pas devant l'ennemi. « Tes amies te parlent mal. Elles se moquent de toi. Elles agissent de façon extrêmement sadique. On va leur montrer ! On y va, tous. Tous ! Tous ceux qui veulent le bien de Suzine nous suivent à l'élection de Miss Crampon ! Toux ceux qui ne supportent pas la méchanceté, les coups bas ! Un point, c'est tout. On la soutient ! On est là ! Et on n'est pas là ensemble par pitié ! On est debout, contre les langues de vipère ! »

Il est comme ça, Viviant, a commenté maman tandis qu'il donnait tribune libre à ce qui traversait sa tête. Viviant défend ma cause comme Mamita défend celle d'Izon quand il fait pipi sur les pots de fleurs du magasin de décoration du coin de la rue. Ma mère est complètement amoureuse de lui. Elle n'arrive même plus à refermer la bouche quand elle regarde son Viviant. C'est frappant. Je constate encore une fois qu'une femme amoureuse connecte mal ses neurones. En me défendant à ce point, Viviant sait sûrement ce qu'il fait. Ils viennent tous... Tous, heu... mais qui tous ?

« Tous, même Ruben ? » j'ai failli demander. Et je me suis étonnée moi-même. Parce que Ruben a longtemps été mon meilleur ami. Le seul. Alors évidemment, quand j'ai eu des copines, je l'ai oublié. Pire, j'ai raconté qu'il comptait parmi les plus grands drames de ma vie. Quel ennui à cause de lui ! Quel nul ! Que de vacances gâchées ! Voilà ce que j'ai dit, après, alors qu'en vacances avec lui, autrefois, je rigolais bien. Il me faisait des gestes quand je le comprenais mal, et c'était presque pas la peine parce qu'au fond on s'entendait sur tout. C'est vrai qu'il a une drôle de tête, une façon pas très adaptée d'être à l'aise quand il ne faudrait pas, et très coincé dans les situations où on peut se lâcher. Mais ça ne m'a jamais gênée à l'époque où je n'avais pas d'amis. J'allais chez papa et Camélia le week-end, et vite je vérifiais que

Ruben passerait nous voir le samedi. C'était plutôt le samedi parce que papa a toujours aimé me garder pour lui tout le dimanche, juste avant que je rentre chez maman. Depuis que j'entends très bien et que rien ne me différencie plus des autres enfants à nouveau, papa me houspille, un peu comme si j'avais pris du retard dans la vie, mais avant, il était plus doux. Ça le touchait, je crois, de savoir que je n'avais pas de bande d'amies pour grandir en rigolant. Quand Ruben arrivait chez Camélia et papa, la vérité, c'est que c'était bien.

J'ai perdu l'ouïe à huit ans et demi, à la rentrée en CM1. Pendant un bon moment, mes parents ont cru que je leur faisais une blague. Et moi, je pensais que c'était le passage obligé vers l'âge adulte. Donc j'étais fière de ne plus rien entendre même si j'étais gênée de mes mouvements de serpent ou de tortue dès que quelqu'un me parlait. On a fini par me diagnostiquer une surdité de perception. J'ai compris que je n'entrais pas dans l'âge adulte. Après, on a diagnostiqué autre chose, et on a fait la tournée des pontes, pendant des mois. J'entendais un peu, et puis de moins en moins, et je disais tellement « Hein ? » que mon père s'est lassé de me répondre « deux ». En fait, j'étais complètement bouchée. Mes parents ont cherché pour moi une classe dans un institut pour déficients auditifs mais je n'étais pas totalement sourde et je savais déjà bien lire sur les lèvres, alors je n'ai pas eu la priorité. Ma scolarité a été en dents de scie, comme dit mon père, et généralement Camélia lui répond de ne pas exagérer.

C'est passé vite, ce temps-là, à part au niveau des amis. Même dans les clubs de plage, l'été, je ramais pour partager le trampoline avec des enfants bien entendants. Personne ne voulait de moi. Ou bien un peu, deux minutes, histoire d'être sympa avec la handicapée de service. C'est ce que je pensais en tout cas. Mais je n'étais pas si malheureuse, juste très frustrée de grandir seule. J'aurais voulu leur dire, aux autres qui s'amusaient ensemble, que je les entendais très bien avec les yeux, mais je n'ai pas réussi à être agressive. C'est à cette époque que je me suis *chutée* massivement. Les moniteurs étaient sympathiques mais je me demandais toujours si c'était par pitié. J'aurais aimé inspirer autre chose. J'ai subi une première opération compliquée. Je me souviens qu'avant de réussir, mes traitements et mes opérations ont beaucoup échoué. Je me souviens que je m'adaptais au silence mais que je rêvais de vrais amis. Quatre longues années, sourde comme un pot, c'est ce qui m'est arrivé. Alors quand le son est revenu, tout le monde a cru que j'allais me régaler des voix de papa, maman, Mamita. On a même cru que les aboiements d'Izon allaient m'émouvoir mais moi, tout ce que je voulais, c'était avoir des copines. Enfin ! Et j'en ai eu ! Je suis restée un peu timide parce que ça faisait quatre ans que j'avais peur de hurler en parlant ou d'avoir l'air complètement bizarre. Quand mon ouïe est revenue, je n'étais pas certaine que mon air bizarre m'avait quittée.

Je suis entrée en quatrième dans mon nouveau collège et j'ai rencontré Romane. J'ai ressenti un coup de foudre immédiat pour sa voix. Elle riait tout le temps, et pas de moi. J'ai eu l'impression de prendre un train en marche vers les vacances. Zou, je suis montée dedans, il était peint en rose avec de grands stickers en forme de fleurs collés dessus. Et Violetta a suivi. La bande des trois. C'était l'année dernière. C'était la joie, la liberté. Collège normal, amies super. J'ai appris à être une fille de mon âge, et à oublier mes complexes, même si les garçons, c'est pas encore ça...

Ma condition physique, enfin auditive, ne m'interdit rien, et je suis les cours de gym comme tout le monde. J'ai été sourde mais je n'ai pas de séquelles.

J'entends comme les autres, sauf que j'ai des appareils aux oreilles. Par conséquent, j'évite d'attacher mes cheveux, mais un jour le prof m'a demandé de les tirer en arrière. J'ai baissé le nez, j'ai refusé. La classe me regardait et je ne suis pas la plus forte pour tenir tête aux professeurs. Je n'ai pas pu évoquer la raison de mon refus, alors j'ai fini par obéir. J'ai obéi en pensant à mes appareils auditifs que tout le monde allait voir. Dans quelques mois, ils seront de taille plus réduite. J'ai prié je ne sais pas qui pour qu'on ne les remarque pas. Mais franchement, c'est impossible de ne pas les voir. Et Romane les a vus la première. Elle m'a demandé ce que c'était, je lui ai expliqué que j'avais été sourde mais que c'était en voie de guérison. Je me suis vite excusée. Après la gym, il y a eu un léger clash sur le fait que je leur avais « menti ». À Romane. À Violetta. À mes meilleures amies. J'ai expliqué que ce n'était pas un mensonge, juste un silence. Je me suis défendue comme j'ai pu. Elles m'ont dit qu'elles réfléchiraient. Je me suis demandé à quoi, mais elles ont précisé : « Après ce mensonge, on hésite à te garder comme amie. »

Quand j'ai raconté cet épisode de ma vie scolaire à Viviant, il est monté au créneau. « Comment,

Suzine ? Mais tu entends ce que tu dis ? Tu t'es "défendue" ! Comme si tu avais fait quelque chose de mal et qu'on t'en faisait le reproche ! Tu n'avais pas à te défendre. Les autres auraient dû se taire, point barre. »

Viviant dit toujours « point barre ». C'est pour signaler qu'après lui, ce n'est même pas la peine de s'exprimer. « Viviant a raison ! » a souligné mon grand-père qui est venu, lui aussi, participer à la cellule de crise. Il faut dire que mercredi soir, en sortant de la crêperie, j'ai dû m'asseoir. Carrément assise sur le capot d'une voiture avec maman qui m'éventait et Mamita qui essayait de me serrer dans ses bras pour me rassurer. Elles m'ont soutenue jusqu'à la maison, recensant les ingrédients des crêpes susceptibles de m'avoir rendue malade. Les œufs de poules élevées en batterie, le beurre noirci dans la poêle, le gruyère sans doute périmé. Elles n'ont négligé aucune piste. Nous sommes arrivées à la maison et elles m'ont flanquée dans les toilettes. Mais le malaise n'était pas de l'ordre de l'indigestion. J'avais mal dans le cœur. Une douleur sourde, qui se faisait plus forte chaque fois que je vérifiais sur mon portable si j'avais des messages. Je n'ai rien raconté avant le lendemain matin quand j'ai refusé d'aller à l'école et que ma mère a vu que je n'avais pas de fièvre. Elle m'a laissée dormir et Mamita a eu la journée pour me faire avouer mon problème. Elle a dit le même mot que Tom : « harcèlement ». Et puis elle a vite appelé grand-père qui a rappliqué illico, pensant que c'était enfin « son » moment de reconquête de Mamita.

J'étais au fond de mon lit, incapable de surmonter mon chagrin. Quelquefois, chez moi, la peine agit comme un frein. J'ai reçu un SMS de Paul mais j'ai lu de la moquerie entre ses gentils mots, alors je n'ai rien répondu. J'ai pensé à Franz mais hélas, je n'ai pas réussi à le rendre assez fort pour qu'il devienne vrai. « Miss Crampon, toi ? Mais t'es sourde comme un pot je te rappelle ! » – dernier SMS de Romane –, m'a fait encore plus mal que celui que Violetta m'avait envoyé au début de notre amitié, après la découverte de mes appareils auditifs et qui disait : « Tu nous as trahies. On devait tout se dire. Ne recommence jamais ça. » J'avais encore demandé pardon, et après je m'étais *chutée* pendant qu'elle et Romane répétaient en boucle que vraiment, j'étais décevante. Ensuite, ça s'est calmé. Parce que Tom est arrivé et qu'elles ont été occupées par leurs histoires. Elles m'ont reprise. Franchement, pour moi, nous trois, c'était à la vie à la mort. Je suis restée sur mes gardes, en faisant très attention à ne plus leur déplaire. Jamais. Jusqu'à l'incident des sweat-shirts avant les vacances. J'ai réussi à dépasser, à avancer. Je l'ai raconté à Viviant quand il est venu en renfort jeudi soir. Je ne voulais plus parler à personne. Ni à maman, ni à Mamita, ni à grand-père. Papa a tenté, par téléphone. Rien. J'ai tout fermé autour de la blessure infligée par mes amies. « Tu crois quand même pas que tu peux gagner Miss Crampon avec tes oreillettes de Dumbo ! » m'ont-elles écrit ensemble, jeudi matin.

Je me suis regardée dans le miroir. J'ai vu Viviant, la main sur mon épaule. Ça m'a semblé carrément absurde comme vision et j'ai failli rigoler quand il m'a dit :

— Suzine, que vois-tu dans le miroir ?

J'allais répondre : « Le copain de ma mère, la main sur mon épaule, avec un pull jaune canari vraiment horrible », mais j'ai dit :

— Heu... Ben...

Puis je me suis *chutée*. J'avais les cheveux bien étalés sur mes oreilles. C'était ça, son message ? Mon appareillage ne se voit pas ? Il m'a alors dit :

— Suzine, répète après moi : Je suis la plus belle fille du monde !

Alors là, j'ai éclaté de rire, puis j'ai entendu maman et Mamita qui respiraient derrière la porte. Affolées à l'idée que j'entame une dépression longue durée, elles ont drôlement compté sur Viviant.

Je n'ai pas répété sa phrase, alors il a insisté :

— Suzine, je te le demande, regarde-toi dans le miroir et répète après moi : Je suis la plus belle fille du monde.

Du monde ? Ça va, les chevilles ? Je n'ai pas répété. Mais Viviant n'a pas cédé.

— Suzine, tu dois reprendre confiance en toi et affronter les méchancetés qui se disent autour de toi. Il y en aura toujours, bien sûr, et la question n'est pas d'empêcher les autres de les dire mais d'apprendre, toi, à les recevoir. Tes soi-disant copines passent leur temps à se moquer de toi. Tu ne t'en es même pas aperçue parce que tu n'as pas confiance en toi.

Là, j'avoue que j'ai pensé que j'étais contente pour maman qu'elle ait un copain, mais que s'il pouvait s'occuper de la conseiller, elle plutôt que moi, ce serait sympa. C'est alors que mon téléphone a vibré. C'était Paul : « Suzine, tu es sélectionnée parmi les trois finalistes de Miss Crampon ! »

Les larmes me sont montées aux yeux et, comme je ne savais pas sur qui les essuyer, je les ai frottées au pull canari de Viviant. Il m'a remise face à la glace :

— Fais-le, Suzine, allez, dis-le !

— Je ne suis peut-être pas la plus belle fille du monde... Mais je suis finaliste pour Miss Crampon !

Et je l'ai crié si fort que maman est entrée dans la chambre en pensant que j'étais à nouveau sourde. Elle a pleuré de joie tout en essayant de comprendre en quoi consistait une Miss Crampon. J'ai dit que j'allais défiler en footballeuse et Mamita, qui avait eu le temps de se renseigner sur le sujet, a expliqué que ça allait bien au-delà d'un défilé loufoque. Miss Crampon porte l'éthique du club. Elle est la Marianne du club de foot.

— J'ai bien dit Marianne, et pas mascotte ! a insisté ma grand-mère.

À son ton, j'ai compris que mon rôle serait aussi intellectuel.

CHAPITRE 24

« Les trois finalistes sont : Suzine Domestos, Élodie Chémali et Rosa Lacroix ! »

Ouf, l'animateur de la soirée m'a citée en premier, donc je vais perdre. C'est sûr. Je regarde mes pieds. Ils sont placés en dedans et je les y laisse. Histoire de ne pas gagner. On ne va pas remettre un trophée à une fille appareillée qui se tient les pieds en dedans. La salle applaudit. On est tous rassemblés debout devant un podium. Quand je suis arrivée, Paul m'attendait à la porte du club pour me redire la nouvelle à laquelle je n'avais pas répondu par SMS :

— Tu es sélectionnée Suzine ! Parmi les trois finalistes ! Je suis certain que tu vas gagner. Je te coache, écoute-moi et surtout rappelle-toi ce que je te dis : souris, tiens-toi fière, regarde le jury droit dans les yeux...

Il était surexcité et Viviant lui a tapé dans le dos ; papa aussi, juste après. Ensuite, Viviant s'est rappelé qu'il n'est que mon futur beau-père et il a laissé papa me coacher à son tour.

— Ne fais pas l'œuf, il m'a dit. Redresse ton dos et souris !

Sourire, c'est difficile. Avec mes deux meilleures amies qui me regardent l'air en biais. Je vérifie tout le temps que mes cheveux sont bien plaqués sur mes oreilles mais leurs regards sont si perçants que je peux être certaine que l'assemblée va repérer mon handicap. Ce matin, j'ai dit ce mot à maman et son sang n'a fait qu'un tour. En prose, elle m'a dit combien elle aimait mes oreilles si joliment ourlées, elle m'a rappelé que mes appareils auditifs seraient bientôt invisibles et qu'on ne jugeait pas les gens à l'état de leurs tympans. Elle a parlé du cœur, de l'âme, et j'ai failli lui répondre : « Ferme ta boîte à camembert, un point c'est tout », comme quand j'étais petite et que papa a changé de maison. Je ne veux pas qu'elle me rassure puisque je n'ai pas envie de gagner. Si je gagne, je perds mes amies. Peu m'importe d'être la star du club de foot si je n'ai plus aucun ami au collège.

Depuis que nous sommes arrivés, je reconnais plein de têtes du collège, surtout des garçons, et puis Tom.

Il est avec Romane et Violetta et il me sourit dès que je le regarde. Il sourit aussi à deux filles qui tiennent un stand de tee-shirts. J'en conclus que mes meilleures amies ont raison : Tom drague tout ce qui bouge... Mais quand ça ne marche pas, il n'en prend pas ombrage. Mes meilleures amies sont partagées entre leur envie de me regarder pour me mettre mal à l'aise et leur élan très amoureux pour Kaÿs et Mike. Violetta essaie d'intéresser Mike en riant fort. Et Romane ne lâche pas Kaÿs des yeux.

Le présentateur de la soirée « Miss Crampon » a pris le micro et la lumière de la salle baisse un peu. L'hymne du club retentit. Je le sais par mon père qui vient de m'expliquer, au cas où je serais débile : « C'est l'hymne du club ! » Camélia me sourit. Maman sourit à Viviant. Je serre les dents, les pointes des pieds l'une contre l'autre comme en chasse-neige. Le présentateur donne la définition d'une Miss Crampon.

— Je vais à présent appeler les trois finalistes de l'élection de Miss Crampon à venir me rejoindre sur scène. Puis elles partiront en coulisse, revêtir la tenue réglementaire de Miss Crampon. Après une pause musicale, elles reviendront sur scène pour répondre aux questions du jury... Je rappelle que Miss Crampon, c'est comme Miss France ! Beauté, certes, mais esprit !

J'appelle donc les trois finalistes : Rosa, Élodie, Suzine, venez vite me rejoindre…

Élodie et Rosa ne sont pas dans mon collège. Elles montent sur scène, au pas de course, vives, athlétiques. Poussée dans le dos par papa, je les rejoins. J'en veux à mes pieds qui se sont mis droits pour avancer. Élodie et Rosa sont beaucoup plus jolies que moi. L'une est blonde et très bouclée. L'autre brune, comme moi, mais avec des yeux bleus et un sourire normal. Moi, je souris rentré, je n'aime pas mes dents. En clair, je ne sais pas ce que je fais là, sur scène, et je cherche mes meilleures amies des yeux. Je leur adresse un maladroit signe de la main. Mais je me prends un bide. Elles ne me répondent pas. Je m'en veux tellement d'être sur scène alors qu'elles sont mieux que moi. J'ai peur qu'un coup de vent vienne soulever ma chevelure et découvre mes oreilles. Alors je remonte mes épaules le plus haut possible. Et je vois mes grands-parents, derrière ma mère, qui remontent leurs épaules puis les secouent pour m'obliger à descendre les miennes.

Dans les coulisses, des organisatrices nous sautent dessus pour nous montrer nos tenues : short, polo du club, chaussettes, et bien sûr casquette du club et crampons. J'aime bien l'insigne du Club : un oiseau rose perché sur une France marron. Ils auraient pu prendre une autre couleur que marron mais l'oiseau est bien. Ensuite, on passe au maquillage et à la coiffure. À la quoi ? Je sens un feu monter en moi. Personne n'a le droit de toucher mes cheveux. Depuis mon « petit problème », c'est ma mère qui en coupe les pointes.

— Queue-de-cheval obligatoire ! annonce l'organisatrice-coiffeuse.

Je baisse le nez, je me *chut.* Mais dedans, c'est le chaos. Ils ne peuvent pas me faire ça. Je veux bien perdre, mais maintenant. Pas après avoir montré mes oreilles au public. Une femme m'attrape par le bras :

— Suzine, c'est bien toi Suzine ? Viens t'asseoir dans la loge et dis-moi... Tu préfères que je te fasse une queue-de-cheval haute ou basse ? Avec ton visage, haute, c'est bien. Qu'en penses-tu ? La queue-de-cheval passera par le trou de la casquette, c'est sympa.

Je pose mes mains sur mes oreilles. Je ne veux pas qu'on touche mes cheveux. Je peux retirer mes appareils, mais je n'entends pas grand-chose sans ; je dis que j'entends bien, mais en vrai, j'entends un peu et je complète en lisant sur les lèvres, sauf que pour lire sur des lèvres, il faut que je les connaisse. Je ne suis pas encore capable de lire sur n'importe quelle bouche. Et mon ouïe reviendra, j'ai confiance, donc je ne perds pas mon temps à apprendre, surtout qu'avec mes appareils j'entends archi bien. Je maudis cette soirée, je maudis Paul, je maudis tout le monde ici. Je troque cette soirée pour la lecture à voix haute de cent poèmes de ma mère. Je ne veux plus être là. Mais déjà, la coiffeuse qui me tient le bras m'assoit sur un fauteuil. Je suis face à un miroir de star avec des boules d'éclairage tout autour. La dame démêle mes cheveux. Je me *chut*. Je me rends compte que j'ai retiré les mains de mes oreilles et, tête baissée, je fixe mes genoux. Ils se sont mis à trembler et se heurtent l'un contre l'autre.

— Tu stresses, ma jolie ? me demande la coiffeuse qui démêle à présent les côtés.

Elle soulève mes mèches, voit mes oreilles, forcément, mais elle ne dit rien, ne change rien, continue de brosser, cherche le bon élastique. Puis elle pose la casquette. Elle couvre le dessus des oreilles, mais pas le dessous. On voit très bien une partie de mes appareils auditifs et des larmes me montent aux yeux.

— Stresse pas, ma grande, me dit-elle doucement en posant sa main sur mon épaule.

Quand je vais mal, je préfère qu'on ne me touche pas. Sinon, tout sort. Je regarde l'issue de secours. Devant, mes deux camarades finalistes déjà prêtes attendent qu'on nous rappelle en scène. J'aurais besoin de voir ma mère. Ou mon père. J'aurais besoin de parler à Camélia, voire à Viviant. J'aurais surtout besoin que quelqu'un m'aide à partir d'ici. La voix du présentateur se fait tonitruante. « Allez, allez, mesdemoiselles, venez vite me rejoindre sur scène et relevez le défi de répondre aux questions du jury ! J'accueille Suzine ! Rosa ! Élodie ! »

Sans bien savoir comment, j'atterris sur scène, à côté de mes camarades. Je me sens mal. Je vois ma famille, floue, au pied de la scène. La seule chose nette, c'est maman et son regard. Elle a compris le problème. Elle, ça fait belle lurette qu'elle n'essaie plus d'envoyer mes cheveux derrière mes oreilles. Elle sait que je cache mes appareils. On vient de me forcer. Je n'ai rien dit. Pourtant n'ai je pas toujours promis à mes parents que j'empêcherais qu'on me force ? Je ne vois pas mes meilleures amies. J'aperçois Paul, non loin de Viviant. Il fait une drôle de tête. Mes oreilles, sans doute. Je suis ridicule. Sur scène, face au monde, les oreilles à l'air, je suis ridicule. Voilà ce qui m'arrive.

CHAPITRE 25

J'ai été élue Miss Crampon à l'unanimité. Soi-disant à cause de mes réponses pertinentes, drôles pour certaines. Les trois membres du jury – un joueur du club, la standardiste et la directrice – m'ont questionnée, comme mes deux camarades, durant quelques minutes. Il paraît que j'ai parlé comme il fallait, ni trop fort ni pas assez, et que j'ai répondu que la neurochirurgie était mon destin. Participer à changer le monde, même dans une infime mesure, ai-je répondu au jury qui me demandait d'exprimer plus précisément le sens que je voulais donner à mon avenir. C'était des questions très profondes, compliquées, et je ne vois absolument pas comment des mots si clairs sont sortis de ma bouche. À propos du foot, j'ai employé les mots « fédérer », « bien-être », « renforcer la solidarité entre amis », puis j'ai évoqué l'importance du sport dans la vie des gens. Je pense que j'avais avalé quelqu'un d'autre qui parlait à ma place car je ne me souviens plus de rien. J'ai aussi insisté sur les « différences », expliquant qu'une équipe était une famille où les différences devenaient des qualités. Je n'ai bien évidemment rien entendu de ce qu'ont dit mes camarades qui se sont, chacune, exprimées après moi. J'étais trop stressée pour les écouter. J'ai le vague souvenir d'un retour en coulisse où on a arrangé ma casquette et tiré sur mon polo. J'ai resserré moi-même mes crampons. Et puis on a appelé la lauréate. Moi, en l'occurrence. On a appelé mon prénom et, au deuxième appel, une main m'a poussée dans le dos. Je me suis retrouvée sur scène, et le présentateur de la soirée m'a tendu un bouquet de fleurs. J'ai enfoui ma tête dedans jusqu'aux oreilles. Le jury a alors félicité mes qualités oratoires et la directrice du club a lu la charte de Miss Crampon. Puis des confettis ont été lancés sur la salle et j'ai foncé vers maman en la suppliant de me ramener à la maison. Ils s'y sont mis à six pour me retenir. Papa, Camélia, Viviant, Mamita, grand-père et maman, tous m'ont juré que mes appareils auditifs n'avaient pas joué dans mon élection. Mamita a usé de son argument préféré :

— Puisque je te dis, ma Suzine, qu'on dirait des boucles d'oreille. Crois-moi, on ne les voit pas tes trucs ! Et même si tu étais handicapée, on voterait pour toi à cause de ton intelligence !

J'avais tellement de larmes dans les yeux que ma mère m'a emmenée dehors. J'ai sangloté dans ses bras et ça m'a permis d'aller mieux. Elle m'a rappelé la charte de Miss Crampon et sa présence nécessaire lors des grands événements du club. Elle a parlé du règlement aussi. Tirer ses cheveux, pour un sportif, c'est essentiel.

— Et ils n'ont fait aucune différence entre toi et les deux autres finalistes, a-t-elle précisé.

J'ai alors vu sortir Élodie et Rosa. Elles souhaitaient me féliciter. J'ai cherché des dents dans leurs yeux, des vipères dans leur sourire. Peut-être qu'il n'y en avait pas, mais je me suis *chutée,* incapable de répondre à leurs compliments. Elles me disaient que je parlais carrément bien en public, et que je devrais créer un blog. C'est là que Paul est arrivé et m'a prise dans ses bras pour me féliciter à son tour. Une tape dans le dos, une tape dans la main, il m'a tapée partout puis il m'a demandé de rentrer dans la salle de réception. J'ai supplié ma mère du regard. Ça voulait dire :

« Emmène-moi à la maison. » J'avais tellement honte d'avoir gagné pour de mauvaises raisons.

— On a eu pitié de moi, c'est tout ! ai-je crié, ivre de rage, avant de piquer un sprint vers le terrain de foot.

J'étais aussi triste que le jour où papa a quitté la maison. J'avais autant mal, et encore plus peur. Romane et Violetta étaient perdues à jamais. Et je n'en avais strictement rien à faire d'être une Miss Crampon. Je me sentais glisser sur une piste de glace, seule, séparée à jamais de mes deux meilleures amies. Ni Romane ni Violetta ne m'ont rejointe. C'est ce que je voulais pourtant, en m'enfuyant ainsi. Les voir arriver, me dire bravo, me rassurer sur notre amitié éternelle. C'est Paul qui a couru. Il m'a forcée à m'asseoir à côté de lui, et il a dit des mots, sous forme de phrases, mais là encore j'étais trop stressée pour les rassembler et les comprendre. J'ai juste pris les mots, comme un catalogue : forte, jolie, sympa, simple, honnête, regard, gentillesse, humour, timidité... La liste avait l'air généreuse mais j'ai préféré penser à Franz. Du coup, à cause du montage photo de Camélia, c'était plutôt le visage de Ruben qui me venait et je me suis rappelé toutes les méchancetés que j'avais dites sur lui pour me faire bien voir des autres. Je ne suis pas meilleure que mes amies finalement.

Paul a pris ma main. Décidément, les garçons sont bizarres avec leur côté pieuvre. J'ai vu Tom passer au fond du stade avec une nouvelle copine. J'ai reconnu Fleur, du collège. Ils couraient en se donnant la main et en poussant des cris de joie comme des bébés de cinq ans. Je ne sais pas pourquoi, j'ai rigolé. Alors Paul a été content, il a cru que j'allais mieux, et vite, je me suis souvenue que je devais faire à nouveau la tête. J'avais quand même perdu mes deux meilleures amies. C'est Paul qui a parlé de Romane. Il a dit :

— Tu sais, même le frère de Romane se demande comment tu fais pour être amie avec elle... Vous êtes tellement différentes.

J'ai dû me sentir encore au micro, face au jury, parce que j'ai répondu d'une façon particulièrement intelligente :

— On n'a pas besoin d'être pareilles pour être amies. Les différences n'ont pas d'importance...

— Alors pourquoi tu es si triste ? m'a-t-il demandé.

J'ai passé mes mains sur mes cheveux pour vérifier qu'ils étaient bien plaqués sur mes oreilles. Et j'ai répondu à Paul :

— Parce que j'aurais voulu perdre la compétition pour ne pas perdre mes amies...

— Ce ne sont pas des amies, a répondu Paul. Est-ce que tu peux compter sur elles, tout le temps, en toutes circonstances ? Est-ce qu'elles sont de ton côté ? Est-ce qu'elles essaient de te comprendre ?

Il a saisi ma main, m'a dit : « Viens », et m'a emmenée vers la réception. Camélia, debout derrière papa, le forçait à entrer dans une danse de groupe, tandis que grand-père et Mamita, en conciliabule au buffet, trinquaient les yeux dans les yeux. Bon signe, ai-je pensé. L'ours d'Alaska aura de quoi se rincer l'œil s'il daigne passer devant leur cabane en rondins. Romane et Violetta dansaient avec Kaÿs et Mike et elles n'ont pas regardé vers moi. C'est Kaÿs qui m'a vue et qui leur a montré où j'étais. Elles se sont approchées en me demandant où j'avais rangé ma queue-de-cheval.

« Souffre-douleur », j'ai pensé. Même légèrement, même pas tout le temps. Néanmoins, c'est bien le rôle qu'elles me donnent. Elles ont ri. Et parlé plus bas quand Alexis, le frère de Romane, s'est approché. Lui ne riait pas du tout. Il a pris sa sœur par le col et lui a dit quelque chose de très brutal qui a mis des larmes dans les yeux de Romane. Violetta a entendu. Elle m'a regardée. Le sourcil inquiet, presque un peu triste, j'ai vu ses lèvres bouger. J'ai cru lire « Bravo ». Paul m'a proposé qu'on aille au buffet et Violetta nous a suivis. Il y avait une fontaine à chocolat avec des choux en forme de ballons de foot. « Souffre-douleur » est revenu, quand j'ai vu le chocolat couler sur les ballons de foot. Me voyant approcher, tout le monde s'est écarté pour me laisser passer. Je devais donner le coup d'envoi d'accès au dessert. On m'a tendu un sifflet. J'ai souri. Dedans. Puis j'ai sifflé, sans me *chuter,* si fort que j'ai fait plisser les yeux et remonter les épaules de certains.

— Notre Miss Crampon déclare ouverte... la fontaine à chocolat ! a déclaré la présidente du club qui tenait le micro à l'horizontale, comme les chanteurs de télé-réalité.

Et soudain, le monde s'est illuminé. J'ignore si c'est à cause du chocolat, de mon prénom répété tant de fois, ou de Violetta qui m'a attrapée par l'épaule en me disant :

— Bravo Suzine. Parfois on a été nulles cette année. Enfin, j'ai été nulle. Et je te demande pardon. Tu es une fille super. Si tu es d'accord, on va devenir vraiment amies cette fois. Je me suis mal comportée. Je ne voulais pas être méchante.

J'ai trouvé ça bien qu'elle ne mette pas tout sur le dos de Romane. Je me suis retournée. Romane essayait de parler à Kaÿs qui parlait à Élodie. Mike était rentré chez lui je pense. Je ne le voyais plus nulle part. La présidente du club a lancé :

— Suzine, nous te chargeons de servir la première part du dessert à la personne de ton choix !

Paul roulait des yeux ronds, souriants. J'ai contourné son sourire, non pour le peiner, mais parce que je ne suis pas prête. L'amour, c'est pas pour moi. Pas tout de suite. C'est trop tôt, et je n'ai envie de tenir la main de personne. À part celle de Violetta, qui prend l'assiette que je lui tends. Je ne me fais pas de souci. Un jour, je tiendrai la main d'un garçon, exactement comme mes copines. Mais j'attendrai d'en avoir envie.

Je regarde l'amour autour de moi. Ce n'est pas un « petit problème », cette question-là. Il y a des yeux dans lesquels l'amour rebondit. D'autres, comme ceux de maman, de Viviant, de papa et de Camélia, de Mamita et de grand-père, où il s'installe. À sa manière. Avec son histoire, ses rebondissements, son élan, sa peur, son habitude. C'est beau, l'habitude. Surtout quand elle revient. Je pense ça parce que Mamita vient de prendre grand-père par la main pour l'entraîner sur la piste. On dirait qu'ils ont mon âge.

Romane rôde, un peu seule. Les gens me félicitent en me tapant dans le dos ou en touchant ma casquette. C'est rigolo. Mais je ne peux pas m'empêcher de la regarder, triste, seule, un peu à part. Je m'approche d'elle et j'attends. Elle est fière, mais pas maintenant. Comme Violetta, elle lâche les armes.

— Mon frère a raison. J'ai été nulle avec toi. Je te promets de ne plus jamais me moquer de toi. Tes appareils, on les voit à peine. Je ne sais pas pourquoi j'ai fait ça. Je me rends compte que j'ai été affreuse. Et je te demande pardon.

Alors c'est sa main que j'ai eu envie de prendre, et on est montées sur la scène, Violetta, Romane et moi. J'étais contente et peut-être même fière de moi parce que je n'en pensais pas moins. En fait, j'ai l'air gentille et généreuse au niveau du pardon, mais je vais attendre un peu avant d'accorder du crédit à leurs déclarations. Je vais prendre les bons moments et je me jure désormais de refuser les mauvais. C'est bon de décider des choses, d'octroyer ou pas. Là, c'est moi qui choisis, dans ma grande mansuétude, d'autoriser deux camarades – et je n'ai pas dit amies – à faire partie de ma bande.

Il y avait un shooting photos et on s'est éclatées devant le décor, loin des garçons, en bas, qui s'amusaient très bien sans nous. Ils nous attendront. Je suis de plus en plus sûre de moi, on dirait ! Si j'ai un problème, à l'avenir, j'ai des crampons. Je peux désormais tenir debout, sur une surface lisse, glissante, et, sans aucun doute, même dos au vide et à reculons.

DE LA MÊME AUTRICE

Tous les matins depuis hier, coll. Neuf, L'École des loisirs, 2013
Un maillot de bain une pièce avec des pastèques et des ananas, coll. Neuf, L'École des loisirs, 2014
Cucu, coll. Neuf, L'École des loisirs, 2015
Tu es mignon parce que tu es un peu nul, coll. Neuf, L'École des loisirs, 2015
Y a-t-il quelqu'un dans Casimir ?, coll. Neuf, L'École des loisirs, 2016
Les Piqûres d'Abeille, Flammarion jeunesse, 2017
Proxima du Centaure, Flammarion jeunesse, 2018
River, 2019
L'âge au fond des verres, 2021